GRöLS Verlage

*„Bücher sind wie Fallschirme. Sie nützen uns nichts, wenn wir sie nicht öffnen."*

**Gröls Verlag**

## Redaktionelle Hinweise und Impressum

Das vorliegende Werk wurde zugunsten der Authentizität sehr zurückhaltend bearbeitet. So wurden etwa ursprüngliche Rechtschreibfehler regelmäßig *nicht* behoben, denn kleine Unvollkommenheiten machen das Buch – wie im Übrigen den Menschen – erst authentisch. Mitunter wurden jedoch zum Beispiel Absätze behutsam neu getrennt, um den Lesefluss zu erleichtern.

Um die Texte zu rekonstruieren, werden antiquarische Bücher von Lesegeräten gescannt und dann durch eine Software lesbar gemacht. Der so entstandene Text wird von Menschen gegengelesen und korrigiert – hierbei treten auch Fehler auf. Wenn Sie ebenfalls antiquarische Texte einreichen möchten, finden Sie weitere Informationen auf www.groels.de

Viel Freude bei der Lektüre wünscht Ihnen das Team des Gröls-Verlags.

**Adressen**

Verleger: Hermann-Josef Gröls,

Im Borngrund 26, 61440 Oberursel

Externer Dienstleister für Distribution & Herstellung:

BoD, In de Tarpen 42, 22848 Norderstedt

**Unsere „Edition | Werke der Weltliteratur"** hat den Anspruch, eine der größten und vollständigsten Sammlungen klassischer Literatur in deutscher Sprache zu werden. Nach und nach versammeln wir hier nicht nur die „üblichen Verdächtigen" von Goethe bis Schiller, sondern auch Kleinode der vergangenen Jahrhunderte, die – zu Unrecht – drohen, in Vergessenheit zu geraten. Wir kultivieren und kuratieren damit einen der wertvollsten Bereiche der abendländischen Kultur. Kleine Auswahl:

**Francis Bacon** • Neues Organon • **Balzac** • Glanz und Elend der Kurtisanen • **Joachim H. Campe** • Robinson der Jüngere • **Dante Alighieri** • Die Göttliche Komödie • **Daniel Defoe** • Robinson Crusoe • **Charles Dickens** • Oliver Twist • **Denis Diderot** • Jacques der Fatalist • **Fjodor Dostojewski** • Schuld und Sühne • **Arthur Conan Doyle** • Der Hund von Baskerville • **Marie von Ebner-Eschenbach** • Das Gemeindekind • **Elisabeth von Österreich** • Das Poetische Tagebuch • **Friedrich Engels** • Die Lage der arbeitenden Klasse • **Ludwig Feuerbach** • Das Wesen des Christentums • **Johann G. Fichte** • Reden an die deutsche Nation • **Fitzgerald** • Zärtlich ist die Nacht • **Flaubert** • Madame Bovary • **Gorch Fock** • Seefahrt ist not! • **Theodor Fontane** • Effi Briest • **Robert Musil** • Über die Dummheit • **Edgar Wallace** • Der Frosch mit der Maske • **Jakob Wassermann** • Der Fall Maurizius • **Oscar Wilde** • Das Bildnis des Dorian Grey • **Émile Zola** • Germinal • **Stefan Zweig** • Schachnovelle • **Hugo von Hofmannsthal** • Der Tor und der Tod • **Anton Tschechow** • Ein Heiratsantrag • **Arthur Schnitzler** • Reigen • **Friedrich Schiller** • Kabale und Liebe • **Nicolo Machiavelli** • Der Fürst • **Gotthold E. Lessing** • Nathan der Weise • **Augustinus** • Die Bekenntnisse des heiligen Augustinus • **Marcus Aurelius** • Selbstbetrachtungen • **Charles Baudelaire** • Die Blumen des Bösen • **Harriett Stowe** • Onkel Toms Hütte • **Walter Benjamin** • Deutsche Menschen • **Hugo Bettauer** • Die Stadt ohne Juden • **Lewis Caroll** • *und viele mehr….*

# Achim von Arnim - Isabella von Ägypten

Kaiser Karl des Fünften erste Jugendliebe
Erzählung
(1812)

Braka, die alte Zigeunerin im zerlumpten roten Mantel, hatte kaum ihr drittes Vaterunser vor dem Fenster abgeschnurrt, wie sie es zum Zeichen verabredet hatte, als Bella schon den lieben, vollen, dunkelgelockten Kopf mit den glänzenden, schwarzen Augen zum Schieber hinaus in den Schein des vollen Mondes streckte, der glühend wie ein halbgelöschtes Eisen aus dem Duft und den Fluten der Schelde eben hervorkam, um in der Luft immer heller wieder aus seinem Innern heraus zu glühen. „Ach, sieh den Engel", sagte Bella, „wie er mich anlacht!" – „Kind", sprach die Alte und ihr schauderte, „was siehst du?" – „Den Mond", antwortete Bella, „er ist schon wieder da, aber der Vater ist wieder nicht nach Hause gekommen. Alte, diesmal bleibt der Vater gar zu lange aus, doch ich hatte schöne Träume von ihm in der letzten Nacht, ich sah ihn auf einem hohen Throne in Ägypten, und die Vögel flogen unter ihm, das hat mich getröstet." – „Du armes Kind", sagte Braka, „wenn's nur wahr wäre, hast du denn was zu essen und zu trinken bekommen?" – „O ja", antwortete Bella, „der Nachbar hat seine Äpfelbäume geschüttelt, da sind viele Äpfel in den Bach gefallen, die habe ich aufgefischt, wo sie in den Wurzeln am krummen Ufer stecken geblieben, auch hatte der Vater, ehe er ausging, mir ein großes Brot herausgelassen." – „Daran tat er recht", weinte die Alte, „er hat kein Brot mehr nötig, sie haben ihn vom Brot geholfen." – „Liebe Alte, sprich", bat Bella, „mein Vater hat sich doch nicht Schaden getan bei den starken Mannskünsten? Führ mich hin zu ihm, ich will ihn pflegen. Wo ist mein Vater? Wo ist mein Herzog?" – So fragte Bella zitternd, und die Tränen fielen ihr aus den Augen durch den Mondschein auf harte Steine nieder – wär ich ein ziehender Vogel gewesen, ich hätte mich niedergelassen und meinen Schnabel eingetunkt und sie zum Himmel getragen, so traurig und so ergeben in seinen Willen waren diese Tränen. – „Sieh dort", schluchzte die Alte, „auf dem Berge steht ein Dreifuß, dreibeinig, aber nicht dreieinig. Gott weiß nichts von ihm, und doch heißt er das hohe Gericht, wer vor dem Dreifuß vorbeikommt, der kann noch lange leben, das Fleisch, was da die Sonne kocht, das wird in keinen Topf gesteckt, es hängt daran, bis wir es abnehmen. Sei ruhig, du armes Kind, und schrei nur nicht, dein Vater hängt da oben, aber sei nur ruhig, wir holen ihn diese Nacht und werden ihn in den Bach werfen mit allen Ehren, wie ihm zukommt, daß er hinschwimme zu den Seinen nach Ägypten, denn er ist auf frommer Wallfahrt gestorben. Nimm diesen Wein und dieses Töpfchen mit Schmorfleisch, halte ihm ein Totenmahl in deiner Einsamkeit, wie es sich geziemt." – Bella konnte vor Schrecken kaum fassen, was sie ihr reichte. Die Alte fuhr fort: „Halt doch fest, daß es nicht fällt, wein dir nicht die Augen aus, denk daran, daß du jetzt unsre einzige Hoffnung bist, daß du die Unsern, wenn unser Gelübde vollbracht, zurückführen sollst; denk auch, daß dir jetzt alles gehört, was dein Vater besessen, sieh nur in seiner Kammer zu, da hast du den Schlüssel, da wirst du viel finden. Ja, bald hätte ich es vergessen, als er mir den Schlüssel gab, sagte er, du möchtest dich vor seinem schwarzen Simson nicht fürchten, der Hund würde es schon wissen, daß er dir gehorchen müsse und dich nicht mehr beißen dürfe; dann sagte er noch, du solltest nicht traurig sein, er sei lange am Heimweh krank gewesen und nun werde er gesund, da er heimkomme. Das sagte er – und da hast du einen Hutkopf voll Milch, die habe ich einer Kuh auf der Weide ausgemolken, die gehört zum Totenmahle. Gute Nacht, Kind!" – Die Alte ging, und Bella sah ihr nach wie einem bösen Briefe, der ihr vor Schrecken aus der Hand gefallen, und den sie doch gern ganz wissen möchte; sie wäre lieber mitgegangen, aber sie zauderte in ihrer Traurigkeit und scheute das rauhe Volk, was sie da antreffen würde, so sehr sie es liebte.

Die Zigeuner waren damals in der Verfolgung, welche die vertriebenen Juden ihnen zuzogen, die sich für Zigeuner ausgaben, um geduldet zu werden, schon sündlich verwildert; oft hatte Herzog Michael darüber geklagt und alle seine Klugheit angewendet, sie aus dieser Zerstreuung nach ihrem Vaterlande zurückzuführen. Ihr Gelübde, so weit zu ziehen, als sie noch Christen fänden, war gelöst, denn sie waren schon aus Spanien vom Weltmeere zurückgekehrt; nur der Wunsch nach der neuen Welt hielt sie in der alten, die nur Krieger, keine Pilger hinübersetzen wollte. Das Zurückführen nach Ägypten war aber bei der zunehmenden Türkenmacht, bei der Verfolgung überall, bei dem Mangel an Gelde unendlich schwer. Schon hatte der Herzog, was sonst ihre Nationalbelustigung war, Proben von Stärke und Geschicklichkeit (wie sie schwere Tische auf ihren Zähnen im Gleichgewichte trugen, wie sie sich springend in der Luft überschlugen oder auf den Händen gingen), alles das, was sie mit dem Namen der starken Mannskünste bezeichneten, zu ihrer Erhaltung zu benutzen gesucht, aber von einem Gebiete ins andre zurückgedrängt, erschöpften sich diese Erwerbsquellen, und auch die Besseren, wenn selbst das Wahrsagen nicht mehr galt, sahen sich gezwungen, ihre ärmliche Nahrung zu stehlen oder mit jagdfreien Tieren, wie Maulwürfe und Stachelschweine, fürlieb zu nehmen. Da fühlten sie erst recht innerlich die Strafe, daß sie die heilige Mutter Gottes mit dem Jesuskinde und dem alten Joseph verstoßen, als sie zu ihnen nach Ägypten flüchteten, weil sie nicht die Augen des Herrn ansahen, sondern mit roher Gleichgültigkeit die Heiligen für Juden hielten, die in Ägypten auf ewige Zeit nicht beherbergt werden, weil sie die geliehenen goldnen und silbernen Gefäße auf ihrer Auswanderung nach dem gelobten Lande mitgenommen hatten. Als sie nun später den Heiland aus seinem Tode erkannten, den sie in seinem Leben verschmäht hatten, da wollte die Hälfte des Volks durch eine Wallfahrt, so weit sie Christen finden würden, diese Hartherzigkeit büßen. Sie zogen durch Kleinasien nach Europa und nahmen ihre Schätze mit sich, und so lange diese dauerten, waren sie überall willkommen; wehe aber allen Armen in der Fremde.

Das mußte voraus berichtet werden, jetzt zu unsrer Geschichte zurück. Ein neuer Haufe, unter denen Happy und Emler, waren vor acht Tagen aus Frankreich ohne alles Geld angekommen, der Herzog entschloß sich, zu ihrem Unterhalt selbst seine Künste wieder einmal zu zeigen, er ging mit ihnen in ein Wirtshaus, und als er eben zu aller Bewunderung acht Männer auf Arm und Schultern trug, kam das Geschrei, der Happy sei gefangen, er habe zwei Hähne im Hofe gestohlen, und im Fortgehen habe ihn ihr Krähen verraten, und Michael, der Herzog, sei bloß darum im Zimmer geblieben, um die Leute heranzulocken. Die Genter Bürger verziehen wegen ihres Reichtums keinen Diebstahl; vergebens stellte sich Herzog Michael, als ob er den Happy im Augenblicke erschießen wollte, er selbst und Emler wurden mit dem Happy verhaftet und als Diebe zum Strange verurteilt; damals gab es ein strenges Recht gegen die Zigeuner, sie totzuschlagen, wo sie sich finden ließen. Michael beteuerte umsonst seine und Emlers Unschuld vor dem Gerichte und sprach: „Uns geht es wie den Mäusen, hat eine Maus den Käse angenagt, so sagt man, die Mäuse sind's gewesen, da geht's an ein Vergiften und Fangen aller, so sind wir Zigeuner jetzt nirgends mehr sicher als am Galgen!“ – Dieser sichre Ort wurde ihm durch das Gesetz, und er weinte schmerzliche Tränen aus der Höhe zur Erde, daß er, der letzte männliche Erbe seines hohen Hauses, so ehrlos und unschuldig umgebracht werde; da schloß sich seine Kehle bis zum jüngsten Tage, wo er seine Klage gegen die Unbarmherzigkeit der Reichen vortragen wird, die ein Menschenleben gegen die Sicherung ihrer toten Schätze gering achten, da wird das Strick so wenig durch ein Nadelöhr gehen wie ein Kamel, und so werden die Reichen nicht eingehen ins Himmelreich, wo Bella ihren Vater wiederfindet.

Als Bella wieder zu sich gekommen, rief sie mehr als einmal: „Also das hat mir der Traum bedeuten sollen, daß mein Vater erhöht wurde, ja wohl ist er jetzt erhöhet in den Himmel und weiß von uns nichts mehr oder alles!“ – Der schwarze Hund kam jetzt gegen seine Gewohnheit von der Kammertür, legte sich ihr zu Füßen und heulte. „Also du weißt es auch schon, Simson?“ fragte sie ihn, und der Hund nickte. „Willst du mir künftig dienen?“ Der Hund nickte wieder, lief ans Fenster und kratzte. Bella sah hinaus, der Schieber war offen geblieben: sie sah die Gestalt ihres Vaters fernglänzend schweben, und plötzlich sank er hinunter. „Jetzt haben sie ihn heruntergenommen, jetzt halten sie ihm ein Ehrenmahl, ich muß auch unter freien Himmel zum Totenmahl." – Mit dem Weinkruge und dem Brote, den schwarzen Hund zur Seite, trat sie in den verwüsteten Garten; das Haus war schon seit zehn Jahren der Gespenster wegen unbewohnt geblieben, denn so lange hatten die Zigeuner sich darin eingenistet und den Besitzer, einen reichen Kaufmann der Stadt, der es sich als Sommersitz eingerichtet hatte, daraus zurückgeschreckt, bis er selbst wegen eines Bankerotts eingesteckt und sein Vermögen für die Gläubiger in bekannter Nachlässigkeit verwaltet wurde. Jetzt hatten sie unter dem Schwert der Gerechtigkeit vollkommene Ruhe, dort zu hausen, nur durften sie sich am Tage nicht zeigen, während ihnen nachts alle Leute aus dem Wege gingen. So trat das bleiche, schöne Kind wie ein Gespenst zur Haustüre hinaus, und der Wächter in den nahen Gärten flüchtete sich bei ihrem Anblick in eine entfernte Kapelle, um betend den heiligen Schutz des Glaubens zu fühlen. Bella wußte nicht, daß sie erschreckte, die Trauer um den Verlust ihres einzigen Gedankens, ihres Vaters, über den sie sich ganz vergessen hatte, machte sie stumpfsinnig, sie wußte nichts als die Regeln der alten Braka genau zu erfüllen; es war ihr das Liebste, daß sie noch etwas zu ihres Vaters Ehre tun konnte. Sie breitete also, wie es bei Totenmahlen ihres Volkes gewöhnlich, ihren Schleier über einen Feldstein aus, setzte zwei Becher und zwei Teller darauf, brach ihr Brot für beide, goß Wein in beide Becher, stieß mit den Bechern an, leerte den ihren und schüttete den Becher des Toten in den schwimmenden Bach, der sich in geringer Entfernung von dem Hause in die Schelde verlor. Und wie sie dies erste Opfer in den Fluß schütten wollte, da rauschte es in der Flut und tauchte empor, als ob ein großer Fisch, der in dem Strome keinen Raum hatte, auftauchte und emporschwämme, der Mond trat hinter dem Hause hervor, und sie sah ihres Vaters bleiches Angesicht, auf seinem Haupt die Krone, welche ihm die Zigeuner aufgesetzt hatten, ehe sie ihn in das fließende Wasser warfen. Und wie die Welle mit dem teuren Haupte kreiste, so ging dem armen Kinde der Kopf um; sie glaubte, er lebe noch, er suche sich aus dem Wasser zu retten, sie sprang hinein und hielt ihn fest, der schwarze Hund hielt aber sie am Rocke fest und stemmte sich gegen das Ufer; so wurde sie in sinnloser Trauer festgehalten und konnte weder den Leichnam ans

Ufer bringen, noch mit ihm fortschwimmen ins Meer. Endlich kam Braka zurück, und da ihr an der Türe nicht aufgemacht worden, schlich sie in den Garten, wo sie das wunderbare Bild wie versteinert sah, den kräftigen Michael im Totenhemde mit der glänzenden silbernen Krone, über ihm das bleiche Mädchen, die schwarzen Locken über ihm hinwallend, an ihrem Kleide gehalten von dem schwarzen Hunde mit feurigen Augen. Die Alte mußte nach ihrer Art lachen, weil es etwas so Seltsames war, ungeachtet es ihr sehr zu Herzen ging und sie nicht von Herzen, sondern nur mit dem dürren Munde wie ein Hungernder lachen mußte; dann sprang sie hinzu, hob das Mädchen mit Gewalt ans Ufer und sprach: „Laß ihn ziehen, er weiß seinen Weg besser als du!" – Bei diesen Worten zog die Leiche still hinunter, und der Mond ging unter Wolken, und Bella sank in die Arme der Alten.

Vier Wochen des Schmerzes waren vergangen, die Alte konnte ihrer eigenen Sicherheit wegen nicht alle Tage kommen, und Bella langeweilte sich mit dem Hunde, dessen Künste sie nicht mehr sehen mochte, der ewig schlief, oder, wenn gegessen wurde, wedelte, sich leckte, kratzte; sie kam endlich darauf, womit andere Erben anfangen, den Nachlaß der Verstorbenen zu durchsuchen. Sie schloß die geheime Kammer auf, nicht ohne Schrecken und Ehrfurcht, aber ihre Erwartung war getäuscht; da waren keine seltene Kleider und Kostbarkeiten, meist nur Bündel von Kräutern, Säcke mit Wurzeln, einige Steine, lauter Dinge, von denen sie nichts verstand, weil der Vater ihrem kindischen Wesen keine Achtsamkeit für das Geheime zugetraut hatte. Endlich fand sie doch in einer Kiste alte Schriften, die sie durchblättern konnte, manche mit köstlichen Siegeln geziert, auf wunderlichem Papier in fremder Sprache, die sie aber noch nicht gelernt hatte, andre aber niederländisch-deutsch, das sie wohl schreiben und lesen konnte, da ihre Mutter, aus einem alten Hause der Grafen von Hogstraaten mit Michael entflohen, diese Liebe zur alten Sprache ihrem Manne und ihrem Kinde zugebracht hatte. Sie nahm diese Bücher und las eben nachts, denn bei Tage schlief sie, um alles Geräusch zu vermeiden, als Braka ihr durch eine zahme Ohreule, mit der sie sich seit einiger Zeit herumtrieb, ein dreimaliges Zeichen gab, daß sie eingelassen sein wollte. Bella sprang unwillig von ihrem Buche auf, das merkwürdige Zauberhistorien enthielt, und wie Braka eingetreten, setzte sie sich wieder stillschweigend dabei nieder, daß die Alte ganz böse ihre Hände in die beiden Seiten stemmte: „Nun, kriegt die alte Braka heut keinen Gruß, keinen Kuß? ja wenn die Kinder klein sind, so wissen sie kaum, was sie einem alles für Liebes und Gutes antun sollen, aber kaum fangen sie an, was vollständig zu werden, da haben sie keine Ohren mehr für alles Gute, was man ihnen tun möchte; nun, den Kuchen sollst du heute nicht bekommen, wenn du mich nicht recht darum bittest, habe darum eine halbe Stunde beim Bäcker warten müssen, der sollte heute auf des Prinzen Tisch, die Magd wird sich schöne wundern, wenn sie beim Bäcker zum Abholen kommt und er schon fort ist.“ – „Wenn ich dich auch nicht bitte“, sagte Bella, „du hast doch keine Ruhe, bis ich ein Stück davon gegessen; gib nur her und sei nicht böse. Ich bin heute bei meines Vaters Büchern gewesen und habe da so schöne Geschichten gefunden, daß ich gern ein Gespenst werden möchte.“ Die Alte sah in das Buch hinein und sagte: „Es ist doch sonderbar, daß ich so alt bin und kann nicht lesen, und du bist nur so ein Kuckindiewelt und kannst es schon; nun hör einmal, wenn du Lust hast, ein Gespenst zu werden, du kannst dazu kommen, das fällt mir soeben ein, und wir können es brauchen.“ – „Was ist denn, du siehst ja so bedenklich aus?“ – „Sieh nur, Bella“, fuhr die Alte fort, „es ist auch keine Kleinigkeit, was dir bevorsteht: denk nur, Prinz Karl ist gestern vor diesem Gartenhause mit seinem Lehrer Cenrio vorbeigeritten und hat gefragt, wie es käme, daß es so verschlossen und verfallen aussähe. Cenrio hat ihm erzählt, wie die Gespenster alle Käufer und Mieter abgeschreckt hätten, alles, wie du es weißt; wie dein Vater einen, der sich durchaus hier niederlassen wollte, mit Ruten gehauen; die vielen Eulen, die er in einer Kammer eingesperrt hatte und sie einem andern um den Kopf fliegen ließ, nun, du weißt alles; der Prinz aber, statt daß er dadurch geschreckt worden, schwur, daß er ganz allein eine Nacht in diesem Hause schlafen und die Geister bald vertreiben wolle. Was fangen wir nun an? es kann jede Nacht geschehen, daß er in dies Haus kommt, und seine Leute werden die Ausgänge sicher so besetzen, daß keiner von den Unsern heraus- oder hereinkann.“ – „Hör, Braka“, sprach Bella, „den Prinzen möchte ich doch gern sehen, ich habe so viel von ihm gehört, wie schön er ist und wie edel, wie er fechten und reiten kann." – „Du denkst nun schon wieder an den Prinzen und nicht an unsre Not", fuhr Braka fort; „hast du wohl Geschick, das Gespenst zu spielen? Das könnte dich retten!" – „Warum nicht", meinte Bella, „aber wie soll ich's anfangen?" und las weiter in ihrem Buche. – „Sieh, Kind", sprach die Alte, „er kann in keinem andern Zimmer schlafen, als in dem schwarzen mit den goldenen Leisten, neben welchem das geheime Kämmerlein deines Vaters versteckt ist, denn die andern Zimmer haben alle mehr Eingänge, da ist es ihm nicht so sicher, auch steht nur in diesem eine Bettstelle. Nun sieh, wenn du merkst, daß er stille, daß er eingeschlafen, so schleich aus der Kammer heraus, leg dich zu ihm ins Bette, und ich schwör dir, daß er vor Angst davonläuft und nie wiederkommt; sollte er aber Mut behalten und dich festhalten, sieh, so kostet es dir ja nur eine Lüge, daß du aus Liebe zu ihm eingedrungen, und dein Glück ist vielleicht gemacht." – „Ja, Alte", sagte Bella und las weiter, „wie du meinst, du mußt das verstehen, ich weiß nichts davon." – „Aber sag mir nur, wo du das verfluchte Buch herbekommen hast", fragte die Alte weiter, „wenn ich mit dir ernsthafte Sachen rede, denkst du an nichts als an das Buch." – „Ich hab es aus des Vaters Kammer geholt", sagte Bella, „es liegen da noch mehrere, nimm dir auch eins." – „Wenn du es erlaubst", sagte die Alte, „so gehe ich gern einmal herein; ich habe mich immer gefürchtet, es dir zu sagen, ich wußte nicht, ob dein Vater es nicht verboten." – „Geh nur", sagte Bella, „du wirst sonst nicht viel finden."

Die Alte ging mit einer gescheiten Neugierde; an der Türe bat sie Bella, den schwarzen Hund wegzurufen, der immer vor der Kammertür lag und niemand als Bella einzulassen Befehl hatte. Bella rief ihn zu sich, und die Alte ging ohne Aufenthalt in die Kammer. Als sie drin war, lachte Bella, wies den Hund wieder zur Kammertür und versteckte sich, um den Schreck der Alten zu sehen; es war ein Prinzessinnenspaß, aber sie war auch liebenswürdig wie eine Prinzeß und war von je wie eine Prinzeß verehrt worden. Nicht lange nachher wollte die Alte mit einem großen Kräuterbündel und mit einem Sacke zur Türe hinaustreten, aber der schwarze Hund machte ihr ein Paar feurige Augen und zeigte die Zähne; sie trat erschrocken zurück und rief nach Bella in großer Angst. Zu gleicher Zeit hörten sie ein ungewohntes Getrappel von Pferden vor der Türe, Menschen, welche über den Hof kamen, und Bella flüchtete sich erschreckt mit dem Lichte und den Speisen und mit dem Hunde zur Alten in die Kammer, die sie verschlossen, um dort in aller Stille abzuwarten, ob dies der Prinz gewesen sei, der seinen Kampf gegen die Gespenster ausfechten wollte. Sie hatten sich nicht geirrt, es war Karl, der künftige Beherrscher einer Welt, in der die Sonne nie untergeht, in der ersten Frische des vollendenden Wuchses, der in das verlassene Zimmer kam. Bella konnte ihn durch ein verstecktes Türloch recht deutlich sehen, ihr war nie so etwas vorgekommen; sie hatte nur braune Zigeuner gesehen, lustig und heftig; dieser aber trat so großmütig einher, so sanft in geübter Kraft, sie wußte, daß er es war, der künftige Herrscher, noch ehe ihn seine Begleiter als Prinz gegrüßt. Sein Hochmut entzückte sie, mit dem er Cenrio zurückwies, der die Wette zurücknehmen wollte, weil er behauptete, der Prinz habe durch seine Anwesenheit bewährt, daß er sie wirklich ausführen wolle. Der Prinz warf aber rasch sein schwarzsammetnes Barett auf den Tisch, breitete seinen Regenmantel über die Bettstelle und befahl Cenrio, auf die Umgebung des Hauses zu wachen und ihm ein paar brennende Kerzen im Zimmer zurückzulassen, er sei müde. Cenrio empfahl ihm, das Zeichen mit der Pistole nicht zu vergessen, wenn er jemand bedürfte; oder im Fall diese versagte, dabei besah er das Schloß, so würde sein Rufen schon genügen, da er einen Soldaten unter dem Fenster ausstellen und selbst in der Nähe wachen würde. Der Prinz meinte, er möchte sich das Wachen und Bewachen ersparen, in seinem Panzerhemde, mit gutem Degen bewaffnet sollte ihm so leicht niemand gefährlich werden; die Ammenmärchen von Geistern schreckten ihn aber nicht mehr. Cenrio verließ das Zimmer. Der Prinz stützte sich auf die Hand und lallte ein Lied, um wach zu bleiben; dann streckte er sich aufs Bette und sang wieder, indem er einschlummerte; da das Bette der Kammer gegenüberstand, konnte Bella ihn deutlich sehen und die Worte vernehmen:

*Komm, lieblich schwarze Nacht,*
*Und drücke schießende Sterne,*
*Wie Siegel deiner Macht,*
*Als Zeichen meiner Ferne,*
*In meine mutige Brust,*
*Daß aller Funken Lust*
*Aus künftigen Kronen geschmiedet,*
*Mich wecke, den Dienen ermüdet.*

*Sie sitzt auf dunklem Thron,*
*Ihr ruhet auf wolkigem Kissen*
*Die ewig schimmernde Kron'. –*
*O möcht' ich die Liebliche küssen!*
*Und machte der Venus Stern*
*Die einzige Nacht mich zum Herrn,*
*Dann könnt' ich die Erde umwallen,*
*Mit allen Kronen, – mit allen.*

„Der ist einmal ungeduldig, daß er zur Regierung komme", sagte die Alte mit leiser Stimme zu Bella. Seine Augen sanken nieder und sein Haupt. Er war eingeschlafen, und Bella starrte noch immer zu ihm hin und konnte sich nicht satt sehen; die Alte aber hatte schon ihren Anschlag gefaßt. Die Waffen, Degen und Pistole, lagen vor dem Bette des Prinzen, die sollte Bella erst leise holen und dann den Geist spielen und sich zu ihm legen; aber nur mit Mühe beredete sie das Mädchen dazu, Schuh und Strümpfe auszuziehen, damit sie leise gehen könne, und ihr Kleid auszuziehen, damit sie nirgends anstoßen möge, und mußte sie fast zur Kammertür hinausstoßen, die sie vorsichtig nur anlegte, um ihr den Rückzug zu sichern. Das alte Weib hatte sicher eine böse Absicht bei diesem Vorschlage: das Kuppeln war lange ihr Hauptgeschäft, und diesmal konnte sie auf einmal das Glück aus dem niedern Stande emporreißen. Bella ahndete von dem allen nichts, es war ihr lieb, den Prinzen in der Nähe zu sehen, darum untersuchte sie nicht lange, ob der Vorschlag der Alten wirklich vernünftig angelegt sei. Sie trat also mit großer Sorgfalt an das Bette des Prinzen, der so fest schlief, daß sie mit Sicherheit seine Waffen hätte forttragen können; die Alte sah beide mit Freuden an. Bella nach Art der Zigeuner in eine blaue Leinewand statt des Hemdes gewickelt, die von einem goldnen Gürtel festgehalten wurde, hatte die runden, blendenden Arme etwas scheu nach dem Prinzen ausgestreckt, die zierlichen, leisen Tritte der schimmernden Füße hinziehend zu ihm, aus ihren unzähligen Locken tausend Glückslose auf ihn taumelnd in tausend süßen Blicken, bis der Mund sich nicht mehr halten konnte und auf den Mund des Prinzen niedersank. Bis jetzt war ihr alles gelungen, der Prinz aber, von dem Kusse erweckt, vor den erschreckten Augen von tausend Phantomen seines Traumes wie mit glühenden Kugeln umstürmt, sprang mit höchstem Ungestüme auf und stürzte atemlos schreiend in das Nebenzimmer; seine Pistole, seinen Degen, alles hatte er vergessen, solch ein Grauen wohnt in der Tiefe des hochmütigsten Menschen vor der unnennbaren Welt, die sich nicht unsern Versuchen fügt, sondern uns zu ihren Versuchen und Belustigungen braucht. Bella war so entsetzt von seinem Abscheu, daß sie sich stumm und willenlos der Alten überließ, die sie rasch durch die versteckte Tapetentüre in die Kammer trug. Bald darauf kam der Prinz mit Cenrio und einigen Soldaten zurück, die in Wahrheit alle größere Lust hatten, draußen zu bleiben, als einzudringen. Wer so etwas nicht empfunden hat, wird es nicht glauben, aber ein Gespenst schlägt eine ganze Armee in die Flucht, denn was einem braven Manne übermächtig furchtbar ist, das ist es im Durchschnitte für alle. Der Prinz zeigte noch den meisten Mut; er schwur laut: „So schrecklich die schwarzen Schlangen an dem Haupte waren, ein schöneres Antlitz habe ich nie gesehen, ungeachtet der ungeheuren Größe in dem besten Verhältnisse, einen glühenden Knopf trug es an der Brust; aber jetzt ist nichts hier bei der heiligen Mutter Gottes, leuchtet nur unter das Bette; will keiner dran, so muß ich's selbst tun: hier auch nichts; so war's denn doch ein Gespenst, Cenrio, und ich habe meinen Türkensäbel an Euch verloren, Cenrio; wüßte ich nur, was das liebe Gespenst verlangt hätte, bei Gott, ich bleibe hier, seht, es fällt mir erst jetzt alles wieder ein. Sind meine Lippen nicht verbrannt? ich schwöre Euch, es hat mich geküßt, daß mir vor Seligkeit das Herz stieg. Cenrio, ich will hier bleiben, will es fragen, was es von mir begehrt!" – Cenrio schwur, daß er es nach diesem Schrecke des Prinzen seiner Gesundheit wegen nicht zugeben dürfe, der Prinz selbst ließ sich nicht lange bitten, diese harte Probe seiner Herzhaftigkeit aufzugeben. Er war nicht beschämt, da alle bleich und erschreckt umhersahen und beim leisesten Geräusch zusammenfuhren, auch konnte er jetzt noch, ohne daß Adrian, der bei seinen Büchern saß, etwas davon gemerkt hätte, nach Hause kommen. Die Alte war nicht ganz zufrieden mit dem Entschluß, indessen wußte sie das Gute davon doch noch vollständig zu nutzen, um sich und den ihrigen das Haus zu sichern, denn kaum war die Haustüre von den rasch auswandernden Gästen verlassen, so sprang sie zum Schrecken der guten Bella wie eine Rasende aus der Kammer, schlug mit allen Türen heftig auf und zu, warf alle Tische um, daß die Abziehenden in stiller Angst ihre Pferde bestiegen und, ohne sich umzublicken, nach der Stadt ritten, wo sie auf ewige Zeiten durch vergrößernde Erzählungen den Geisterruf des Gartenhauses bestärkten. Der Prinz mußte noch in derselben Nacht mit einem Fieber für sein Wagestück büßen. Der liebliche Kopf der Bella schwebte ihm darin vor, das Fieber verriet ihn, indem es ihm eine falsche Wahrheit zeigte, und er beichtete es mit großer Betrübnis am anderen Morgen dem Adrian, wie er in ein Gespenst verliebt sei. Das war eine köstliche Gelegenheit für diesen, dem Kaiser Maximilian die Sorge für das Lateinlernen seines Enkels besonders übertragen hatte, ihm zur Buße eine große Menge Vokabeln aufzugeben, die auch der Prinz mit einigem Erfolge gegen den nächtlichen Eindruck brauchte.

Die arme Bella in ihrer Einsamkeit mußte ihre erste Zuneigung härter büßen. Nachdem es ihr ein paar Tage genügt hatte, statt zu schlafen, an ihn zu denken und nachts von allen Seiten umzuschauen, ob er nicht wieder zum Besuche in ihr Geisterhaus kommen würde, nachdem Braka sie ernstlich ausgescholten hatte, daß sie so törichten Gedanken, die sie vor der Zeit bleichten, ihre frischen Tage hingebe, nachdem sie sich diesen und andern Rat gar oft wiederholt hatte und doch immer wieder vergaß und in den beliebten fremden Gedanken abgleitete, fragte sie einmal Braka, ob es denn kein Mittel gebe, wie man unsichtbar werden könne, um in der Stadt herumwandern zu dürfen. Braka lachte und sprach: „Ich weiß kein anderes, als viel Geld zu haben, da kann man eingehen, wo man will, das ist der wahre Hauptschlüssel, die wahre Springewurzel, bei deren Berührung die Türen aufspringen. Dein Vater mochte noch wohl andre Künste gewußt haben, aber wenn sie nicht in seinen Büchern stehen, so sind sie verloren!" – Bella behielt diese Nachricht still vor sich, sie fiel ihr ins Gemüt, als ob sie dieselbe nie vergessen könnte; kaum war die Alte wieder auf den Erwerb ausgegangen, so suchte sie die Bücher wieder hervor, die seit dem Besuche des Prinzen in einem Winkel gerastet hatten; sie sah bei dieser Gelegenheit, daß die Alte ihr den ganzen Vorrat seltener heilender Kräuter und Wurzeln fortgetragen hatte, und diese Untreue brachte sie zu dem Entschlusse, ihr nichts mehr von allem zu entdecken, wozu sie die geheimen Kräfte ansprechen wollte. Aber welcher neue Ekel war ihr in diesen Büchern vorbereitet, viel geheime Regeln, Zeichnungen, von denen sie nichts verstand, den Stein der Weisen zu finden, Geister zu zitieren, Krankheiten zu beschwören, das Vieh zu verzaubern, endlich auch ein Mittel, Gold zu machen, aber dies Mittel so weitläufig, als müßte man zwei Monden anspannen, um zur Sonne zu fahren. So verging ihr eine Woche nach der andern, bis sie in einer Nacht ganz ermüdet auf eine ausführliche Nachricht traf, wie Alraunen zu bekommen, und wie diese dienstbar Geld und was ein weltliches Herz sonst begehre, mit stehlender, untrüglicher Listigkeit zuführten. Aber welche Schwierigkeit, sie zu gewinnen, und doch war es die leichteste von allen Zaubereien; die Zauberei braucht die härteste Schule; wer sie aushalten kann, möchte auch wohl in den gewöhnlichsten Geschäften ohne alles Geheimnis zu zaubern scheinen. Wer kennt jetzt nicht die Bedingungen, einen Alraun zu gewinnen, und wer möchte sich ihnen noch unterziehen, wer könnte sie erfüllen? Es wird ein Mädchen gefordert, das mit ganzer Seele liebt, ohne Begierde zur Lust ihres Geschlechtes, der die Nähe des Geliebten ganz genügt: eine erste, unerläßliche Bedingung, die vielleicht in Bella zum erstenmal wahrgeworden war, weil sie von den Zigeunern, die sie bisher kennen gelernt, immer als ein Wesen höherer Art behandelt worden und sich dafür anerkannt hatte; die Erscheinung des Prinzen war ihr aber so heilig rein, wie der Körper des Allerheiligsten in der Messe, vorübergegangen, zu schnell, um ihre Betrachtung zu wecken. In solchem Mädchen, das so mächtig von der Phantasie in allen Segeln angehaucht wird, soll gleichzeitig der übermännliche Mut wohnen, nachts in der eilften Stunde mit einem schwarzen Hunde unter den Galgen zu gehen, wo ein unschuldig Gehenkter seine Tränen aufs Gras hat fallen lassen; da soll sie ihre Ohren mit Baumwolle wohl verstopfen und mit den Händen suchen, bis sie die Wurzel erreicht, und trotz allem Geschrei dieser Wurzel, die keineswegs natürlicher Art, sondern ein Kind der unschuldigen Tränen des Erhenkten ist, ihr das Haupt entblößen, einen Strick aus ihren eignen Haaren umlegen, den schwarzen Hund daran spannen, dann fortlaufen, so daß der Hund, im Wunsche ihr zu folgen, die Wurzel aus der Erde zieht, wobei er von einer erblitzenden Erschütterung des Bodens unfehlbar erschlagen wird. Wer in diesem Augenblicke, dem entscheidendsten, seine Ohren nicht wohl verstopft hat, kann von dem Geschrei auf der Stelle unsinnig werden. Bella war wiederum die einzige seit Jahrtausenden, bei der sich alle diese Erfordernisse vereinigten; wer war unschuldiger, als das teure Haupt ihres Vaters Michael, der in rastloser Tat für sein armes Volk, in steter Mühe und Not für die Seinen, um das Unbedeutendste einem Reichen zu entfremden, allzu ehrlich und stolz gewesen war. Welches Mädchen hätte Mut gehabt, in der Mitternacht einen solchen Weg mit Überlegung zu machen, als Bella, die nun schon seit vier Jahren, wo ihre Mutter gestorben, ein verstecktes, nächtliches Leben geführt hatte und mit dem Laufe des Mondes, mit den Sternen zu vertraulich bekannt war, um in der Nacht noch eine besondre Einsamkeit und Traurigkeit wahrzunehmen. Welches Mädchen hatte wie sie einen schwarzen Hund, aus dessen Augen mehr blickte, als sein Mund ausbellen konnte, und wiederum welchem Mädchen war dieser einzige Gesellschafter so verhaßt, wie ihr, die ihn seit früher Zeit, wo er sie gebissen, nicht leiden konnte und ihn jetzt noch mehr verachtete, nun er ihr mit einer widrigen Demut diente und sie doch auf allen Wegen belauerte und, wenn sie recht zärtlich mit einer Puppe aus alten Kleidern wie mit dem Prinzen sprach, sie auslachte; auch hatte der Vater immer behauptet, es stecke der böse Feind in dem Hunde. Welches Mädchen hatte endlich so langes Haar, wie Bella, um es zu

Stricken flechten zu können, und welche mochte es, wie sie, ruhig zu dem Versuche hingeben; sie aber wußte nichts von ihren Schönheiten, es war ihr lieb, daß sie künftig nicht so lange an ihren Haaren zu kämmen hätte, und so sank ihr Haar, in dessen glatten Locken sich oft die Sterne wie im Haupthaar der Berenize gespiegelt hatten, im raschen Schnitt einer Schere wie ein schwarzer Schleier auf den Boden rings um sie her, ihrem Hund Simson eine Kette daraus zu flechten, die ihm den Tod brächte. Sie merkte bald, daß er alles, was sie gesprochen, vernommen habe, denn statt daß er sich sonst kleine Vorräte an Knochen und Brot im Garten vergrub, so öffnete er jetzt nach und nach alle diese vergrabenen Schätze und fraß unersättlich. Hätte jenes sie rühren können, so empörte sie dies noch mehr; übrigens schien er nicht traurig, aber er sah sie spöttisch an, und als der erste Freitag kam, denn ein Freitag wird zur Ausführung gefordert, durchkroch er das ganze Haus noch einmal, beroch alle Winkel und führte sich in seinem Lager gegen seine Art unreinlich auf, welches sie ihm aber diesmal lieber verzieh als ihrer Alten die Langweiligkeit, mit der sie in unendlichen Erzählungen von „hat er gesagt“, „hab ich gesagt“, ihre ganze verfluchte erste Liebschaft erzählte, die Bella leicht um eine der Hauptbedingungen bei der Aufsuchung der Alraunenwurzel hätte bringen können, wenn diese nicht aus Ungeduld über ihre lange Anwesenheit im Zählen der Minuten sie und die Stunden überzählt hätte, bis es zwölfe geschlagen: da sprang endlich Bella aus Ungeduld auf und fing mit der Alten aus Ärger, daß sie alles noch eine Woche aufschieben müsse, den Kranichtanz der Zigeuner an, daß diese endlich ohne Atem in einen Sessel fiel und hustete und schwur, so lustig habe sie auf ihrem Hochzeittage nicht einmal getanzt; dabei nahm sie ein Stück Lakritzensaft in den Mund, um den Husten zu dämpfen, und trabte endlich mit großem Bedauern fort, daß sie schon weggehen müsse. Etwas Angst hatte Bella doch gespürt; nun die Woche versäumt war, schien es ihr doch besser, daß sie sich noch vorbereiten könne, und der schwarze Hund schien nicht minder diese Frist zu wünschen, um noch recht essen zu können; sie gewährte ihm gerne die leckersten Bissen, weil sie wußte, was er für sie tun müsse, ja zuweilen, ungeachtet ihres Widerwillens gegen das Tier, kamen ihr bei seinem Anblicke Tränen in die Augen, doch tröstete sie sich immer mit dem Zusatze im Zauberbuche, daß treue Hundeseelen, die in solchem Geschäfte blieben, zur Seele ihrer Herren gelangen, und sie war gewiß, daß sich der Hund beim Vater Michael besser als bei ihr gefallen müsse.

Endlich kam der zweite Freitag, es war schon kalt geworden, die ruhigen Gewässer waren dünn befroren, und die Alte hatte sich bei ihr entschuldigt, daß sie in den nächsten Tagen nicht herauskommen könne: ihr Husten sei aber so stark, sie müsse sich heimhalten. Alles schien erwünscht, die Nachbarn waren alle nach der Stadt gezogen, die Nacht war dunkel, und der Wind führte die ersten Schneeflocken über die trockene Erde. Bella durchlief noch einmal das Zauberbuch, ihr Herz schlug heftig, als es langsam eilf schlug, der schwarze Hund schleppte ihre Puppe, in der sie ihren Prinzen sah und verehrte, herbei, zerrte und biß darin: das brachte sie zum Entschluß; diesen Schimpf, den er ihrem Liebling angetan, mußte er büßen; schnell nahm sie die Stricke, die sie aus ihren Haaren geflochten und die sie bisher, um der Alten keinen Argwohn zu geben, auf ihrem Kopf getragen, und schlug auf ihn. Er wollte zur Türe hinaus, sie öffnete die Türe, und beide waren in die zauberhafte Winterwelt hinausversetzt und gingen dem Winde nach ihren Weg, ohne ihn zu kennen, bloß nach der Richtung, um den Berg zu erreichen, auf welchem das Hochgericht gehalten wurde. Diese Straße war leer von Menschen, aber mehrere Hunde kamen mit großem Lärmen unter den Gartentüren hervorgesprungen, liefen auf den schwarzen Simson los, aber im Augenblicke, wo sich diese Philister ihm naheten, sah er sie an, zeigte seine Zähne, und die größten wie die kleinsten Hunde flüchteten mit einer Angst, den Schwanz zwischen den Beinen, in die Gärten zurück, daß sie sich selbst unter den Türen einklemmten und erbärmlich schrien. Gleiche Angst zeigten ein paar Stachelschweine, die ihre Stacheln voll Äpfel und Birnen, die sie sich in den Gärten angewälzt und angestachelt hatten, quer über den Weg zogen, sich aber bei dem Anblicke des Hundes zusammenkugelten, daß dieser ihnen ihre Beute sehr behaglich abnahm und verzehrte. Bella hatte sich dabei ausgeruht, nun war es ihr aber sonderbar, daß, wie sie jetzt aufstand und sich dem Berge näherte, ein anderer immer in ihre Fußtapfen zu schreiten schien, und zwar mit solcher Sorgfalt, daß er mit der Spitze seines Fußes jedesmal die Ferse des ihren anrührte, sie wagte nicht umzusehen und lief immer hastiger zu, bis ein Schlag vor den Kopf sie niederstreckte. Der Schlag war indessen nur wenig betäubend, sie faßte Mut, als alles umher still war; sie faßte um sich, als niemand sie anfaßte, und fühlte, daß sie gegen einen herabgelassenen Schlagbaum angerannt war; was aber in ihre Schritte so eilfertig getreten, war ein Dornstrauch, der sich an ihr Kleid gehängt hatte. Sie mußte sich über ihre Furcht verwundern und nahm sich vor, jetzt aufmerksamer und besonnener zu sein, und vergaß es doch bald wieder, als eine Zahl von Pferden, die in einer Koppel lagen, bei ihrer Annäherung aufsprangen und über Busch und Hecken fortjagten. Jetzt war sie oben, und sie sah über die reiche Stadt hin, wo noch manches Licht brannte ein Haus war aber hell erleuchtet, und da, meinte sie, müsse der Prinz wohnen: so hatte ihr die Alte sein Haus beschrieben, und sie wußte, daß sein Geburtstag gefeiert wurde. Sie hätte alles bei dem Anblicke vergessen, selbst die trocknen Gehenkten über sich, die einander fragend anzustoßen schienen, hätte nicht der schwarze Hund aus eigener Lust unter dem Dreifuße gegraben. Sie fühlte, was er gefunden, und hatte eine kleine, menschliche Gestalt in Händen, die aber mit beiden Beinen noch in der Erde wurzelte; sie war's, sie war's, die geheimnisvolle Mandragora, das Galgenmännlein, sie hatte es gefunden ohne Mühe, und in einem Halsumdrehen war der Strick ihrer Haare umgelegt und um den Hals des schwarzen Hundes angeschirrt; dann lief sie in Angst wegen des Geschreis der Wurzel fort. Sie hatte vergessen, ihre Ohren zu verstopfen, lief nun, so schnell sie vermochte, und der Hund ihr nach; er riß die Wurzel aus dem Boden, und ein erschrecklicher Donnerschlag stürzte ihn und Bella nieder; doch hatte ihr sichrer, schnellfüßiger Lauf sie schon funfzig Schritte entfernt.

Das hatte Bellas Leben errettet; doch blieb sie lange ohnmächtig und erwachte erst, als schon die beglückten Liebhaber von ihrem Glücke lässig heimkehrten, einer von diesen sang ein jauchzendes Lied von seinem feinen Liebchen und von den falschen Zungen, die heimliche Liebe ausschwätzen; halb hatte er dabei Schlummer in den Augen, und so kam es, daß er sie übersah. Als sie davon erwachte, wußte sie nicht, wie sie an diesen Ort gekommen, den sie nicht mehr erkannte; schwach richtete sie sich auf und sah im ersten Morgenschimmer ihren toten Simson. Sie erkannte ihn, erinnerte sich auch allmählich, warum sie hergekommen, und fand an den Haarflechten, die sie jetzt dem Hunde abnahm, ein menschenähnliches Wesen, gleichsam einen beweglichen Umriß, aus welchem die edlen Sinne noch nicht hervorgetreten sind, ähnlich einer Schmetterlingslarve: so war der Alraun, und wunderbar ist es zu nennen, wie sie auf der einen Seite des Prinzen gar nicht mehr denken konnte, der eigentlichen Ursache, warum sie den Alraun aufgesucht, ganz vergessen hatte, so liebte sie diesen auf der andern Seite mit jener ersten Zärtlichkeit, welche zart durchdringend seit jener Nacht, wo sie den Prinzen gesehen, in ihr zur Erscheinung gelangt war. Zärtlicher kann eine Mutter ihr Kind, das sie bei einem Erdbeben verschüttet glaubt, nicht wieder begrüßen, nicht vertrauter, nicht bekannter, als Bella den kleinen Alraun aus dem letzten Erdenstaube an ihre Brust hob und ihn von allem Anflug reinigte. Er schien von dem allen nichts zu wissen, sein Atem strömte aus kaum bemerkbaren Öffnungen des Kopfes, nur als sie ihn eine Zeitlang auf ihren Armen gewiegt hatte, bemerkte sie an einem ungeduldigen Stoß seines Armes gegen ihre Brust, daß er diese Bewegung liebe; auch beruhigte er Arme und Beine nicht eher, bis sie ihn wieder mit schaukelnder Bewegung erfreulich einschläferte. So eilte sie mit ihm in ihre Wohnung zurück; sie achtete nicht des Hundegebells, nicht einzelner Marktleute, die sich früh vor den Toren der Stadt sammelten, um die ersten bei der Eröffnung der Tore zu sein; sie sah nur auf den Kleinen, den sie sorgsam in ihren Überrock eingeschlagen hatte. Endlich war sie in ihrem Zimmer, hatte ihr Licht angezündet und besah das kleine Ungeheuer. Es tat ihr leid, daß er nicht einen Mund zum Küssen, nicht eine Nase habe, die ein göttlicher Atem herrschend und sanft geformt, daß keine Augen sein Inneres kund machten und daß keine Haare den zarten Sitz seiner Gedanken umsicherten; aber ihre Liebe minderte das nicht. Sie ging sorgsam zu ihrem Zauberbuche, um sich wieder zu erinnern, was mit dieser gegliederten und beweglichen Rübe anzufangen sei, um ihre Kräfte, ihre Bildung zu entfalten, und sie fand es bald. Zuerst sollte sie den Alraun waschen, das vollbrachte sie, dann sollte sie ihm Hirse auf den rauhen Kopf säen, und wie diese aufginge in Haaren, so würden sich seine übrigen Gliedmaßen von selbst entwickeln, nur müsse sie an jede Stelle, wo ein Auge entstehen sollte, ein Wacholderkorn eindrücken, wo aber der Mund werden sollte, eine Hagebutte. Zum Glück konnte sie diese Sämereien alle herbeischaffen, die Alte hatte ihr neulich einige gestohlne Hirse gebracht, Wacholderbeeren brauchte ihr Vater häufig zum Räuchern in seinem Zimmer; sie hatte den Geruch nie leiden können, jetzt war er ihr lieb, denn es war noch eine Handvoll übriggeblieben; eine Hagebuttenstrauch hing im Garten noch voll roter Früchte als die letzte Pracht des Jahres. Alles wurde herbeigeschafft, zuerst die Hagebutte an den rechten Ort eingedrückt, sie merkte aber nicht, daß sie ihm diese bald aus Liebe schief küßte; dann drückte sie ihm zwei Wacholderbeerkerne ein, es schien ihr, als sähe der Kleine sie an, das gefiel ihr so wohl, daß sie ihm gerne ein Dutzend eingesetzt hätte, wenn sie nur einen schicklichen Platz dazu hätte ausfinden können; aber wo sie ihm am liebsten Augen eingesetzt hätte, hinten, da fürchtete sie, möchte er sich oft wehe daran tun; zuletzt brachte sie noch ein Paar Augen in seinem Nacken an, und wir müssen ihr eingestehn, daß diese Erfindung nicht ganz zu verachten gewesen sei. So fröhlich und ernstlich zugleich begann sie dies Werk, ein Wesen zu schaffen, das, wie der Mensch seinen Schöpfer, bis an sein Ende sie betrüben sollte; selbstzufrieden wie ein junger Künstler, dem alles über Erwartung glückt, besah sie ihr kleines, unförmliches Ungeheuer und verbarg es in einer zierlichen Wiege, die sie im Hause vorgefunden, wohlbedeckt mit Betten, entschlossen, selbst gegen die alte Braka dies als das erste Geheimnis ihres Lebens zu bewahren.

Braka, die sich am andern Abende durch ihr verabredetes Katzengeschrei kund machte, merkte doch an ihr eine Veränderung und fragte listig nach allen Seiten, insbesondre als sie den schwarzen Hund nicht mehr bemerkte: „Gott sei gelobt, ist der Hund fort! wie ist's gekommen? Ich hätte den infamen Köter längst tot gemacht, wenn ich gedurft hätte; aber da er vom Vater hinterlassen war, so durft' ich nicht; einmal hatte ich ihn doch schon im Sack und wollte ihn ersäufen, da biß er mich aber beim Aufheben des Sacks so scharf in die Hände, daß ich ihn mit dem Sack laufen ließ: nun sag, Kind, wie hast du es angefangen, ihn über die Seite zu schaffen?" – Bella sah seitwärts auf ihre Arbeit nieder, sie schälte Äpfel und erzählte recht umständlich, wie sie nachts im Garten gewesen, wie ein schäumender Hund dort gegen sie angerannt sei, wie sich ihr schwarzer Simson auf ihn gestürzt und beide einander so grausam zerzaust und herumgerissen, bis der fremde Hund sich geflüchtet hätte, worauf der Simson lahm und blutend ihm nachgelaufen und seit der Zeit von ihr nicht wieder gesehen worden sei, vielleicht weil er gefühlt, daß er toll werde, und sie nicht habe verletzen wollen. Eine recht rührende Erfindung! Bella hatte sie so wahrscheinlich vorgetragen, ungeachtet es ihre erste Lüge war, daß Braka beruhigt war und sich in Verwunderung über das treue Tier und über das große Unglück, dem sie entgangen, ausließ. Nun hatte Bella Mut, ihr alles einzubilden, was sie künftig von ihrem Wurzelmännchen zu sagen nötig finden würde; doch wartete sie ungeduldig, daß die Alte ginge, denn sie fühlte eine rechte Unruhe, ob noch nichts Lebendiges an ihm wahrzunehmen sei.

Nachdem die Alte ihr Zwiebelgericht, das sie sich bereitet, ausgetunkt hatte, ging sie endlich von dannen. Bella schloß die Türe und eilte zu ihrer heimlichen Wiege; zagend deckte sie auf und freudig sah sie schon die keimende Hirse auf dem Scheitel des Wurzelmännleins, auch die Wacholderkerne hatten sich schon angezogen; es war überhaupt ein Bewegen innerlich in dem kleinen Wesen, wie frühlings im Acker beim ersten heißen Sonnenscheine nach dem Regen, es wächst noch nichts, aber die Erde trennt sich und lockert sich, und wie die Sonnenblicke alles fördernd umgehen, so regte sie küssend alle Kräfte der geheimnisvollen Natur auf. Erst nach später Ermüdung entschloß sie sich, neben ihrem Kleinod schlafen zu gehen, ihre Hand aber ließ sie auf der Wiege ruhen, daß es ihr nicht entführt werden könnte. Was wundern wir uns über ihre sonderbare Neigung zu der halbmenschlichen Gestalt, nachdem sie zu dem schönen Fürstensohne so ausschließliche Neigung gezeigt hatte; es ist das Heiligste, diese Anhänglichkeit an alles, was wir schaffen, und ruft uns, während wir vor den Häßlichkeiten der Welt und unsren eignen erschrecken, die Worte der Bibel in die Seele: Also hat Gott die von ihm geschaffene Welt geliebet, daß er ihr seinen eingebornen Sohn gesendet hat. O Welt, bilde dich schöner aus, daß du dieser Gnade würdig werdest. Vergessen war in ihr aller Eigennutz, wie sie sich durch den kleinen Wundermann zu ihrem geliebten Prinzen wollte hintragen lassen; dieses Wunderkind, in Gefahr errungen, füllte jetzt alle ihre Gedanken, von ihm träumte sie, aber ihre Träume waren nicht glücklich; sie sah den vergessenen Fürstensohn vor sich, wie er im Wettstreite mit andern das zierliche Pfeilspiel der Spanier übte, worin sie durch die Stärke und Schnelligkeit des Wurfs sowohl wie durch die geschickte Wendung der Pferde einander zu necken und zu übervorteilen suchen, aber der Prinz siegte über alle, seine Pferde rissen Sterne vom Himmel und warfen sie wie zierlichen Schmuck ihr auf die Brust. Die meisten dieser Sterne verlöschen, einer aber bebte in tiefem Lichte auf der Mitte ihrer Brust; und sie sah immer tiefer hinein, unendlich tiefer und konnte sich nicht satt sehen, und darüber erwachte sie. Kaum war sie erwacht, so wußte sie nicht mehr, nach wem sie sich so eifrig gesehnt hatte; ihr war es, als sei es der kleine Wurzelmann gewesen, den sie mit lautem Jubel begrüßte, als er ihr ganz vernehmlich wie ein kleines Kind entgegenwimmerte, mit runden schwarzen Augen sie ansah, als wollten sie ihm aus dem Kopf herausfallen; sein gelbfaltiges Gesicht schien entgegengesetzte Menschenalter zu vereinigen, und die Hirse auf seinem Kopfe hatte sich schon zu borstigen Locken vereinigt, so auch, was auf seinen Körper von den Hirsekörnern heruntergefallen war. Bella meinte, er schreie nach Essen, und war in großer Verlegenheit, was sie ihm geben sollte, wo sollte sie Milch hernehmen? Sie bedachte sich lange; endlich gedachte sie der Katze, die auf dem Boden gejungt hatte, ein Jubel war ihr diese Erfindung; die Jungen wurden heruntergeholt und zu dem Wurzelmännlein, das sie schon spöttisch ansah, in die Wiege gelegt; die Katze ernährte jetzt willig ihn mit den übrigen Jungen, und die kleinen Blindgebornen duldeten es, daß der nach allen Seiten sehende Fremdling ihnen voraus, ohne daß es die Alte merkte, die mütterliche Vorsehung aussog. Bald kniend, bald auf den Knien hockend konnte Bella stundenlang diesen Listen ihres Männleins zusehen; wo er die andern überlistete, schien es ihr hohe Überlegenheit, wo er sich feig vor ihren Tatzen zurückzog, Schonung und Klugheit; nichts machte aber dem Mädchen so viel Freude an ihm wie die Augen im Nacken. Schon verstand er sie damit, wenn sie ihm winkte, wo eines der Kätzchen von dem Zitzen heruntergefallen war, und legte sich vor, bis er auch daran kommen konnte. Ihre Zuneigung wuchs so schnell, daß sie sich aber jeden Tropfen Milch kränkte, der von den eingebornen Jungen dem Fremdlinge entzogen wurde, daß sie lange mit sich kämpfte, aber endlich nicht widerstehen konnte, eines dieser Jungen heimlich fortzutragen und nahe am Bach ins Gras zu legen. Dann floh sie schnell, damit es ihr nicht folgte, sie war aber kaum einige Schritte gelaufen, so hörte sie etwas ins Wasser einplumpen, sie mußte ihre Augen hinwenden und sah, wie der Strom die kleine, blinde Katze forttrug. Das jammerte ihr, sie gedachte ihres unschuldigen Vaters, der denselben Weg gezogen, sie hätte nachspringen mögen, doch blieb sie am Ufer stehen und fühlte, daß sie gesündigt; der Himmel ward dunkel über ihr, die Erde frostig unter ihr und die Luft unstet um sie her; sie schlich ins Haus und weinte. Und als der kleine Wurzelmann mit den Augen im Nacken dies ersah, fing er an der Brust der Katze laut zu lachen an, daß die Katze aufsprang und eins der Jungen mit sich fortzog, das sich ihr in Angst angebissen hatte. Jetzt war das Wurzelmännchen auch so mutwillig geworden, daß es sich nicht viel um die milde Nahrung der Milch kümmerte, zwar sah es schon aus wie ein altes Männlein, das zum Kinde zusammengeschrumpft war, aber es hatte noch alle Unarten der kleinsten Kinder dabei. Gerade weil es sah, daß Bella über den kleinen Mord mit ihm zürnte, drängte es sich immer mehr zu ihr, und schlagen konnte sie es nicht, und was sollte sie da tun, als es küssen und ihm den Willen lassen, der sich durch Hingreifen nach allerlei Wurzeln zeigte, die nicht von ihrem Vater her im Zimmer so umherlagen, sondern von der alten Braka bei ihrer Mauserei aus Unkenntnis weggeworfen waren. Kaum hatte das Männlein eine Springwurzel genossen, so fing es an so lächerlich über Tisch und Stuhl, kopfüber, kopfunter zu springen, daß Bella in Angst die Augen wegwenden mußte und ihm ängstlich wie ein Huhn dem ausgebrüteten

Entchen nachlief und nachsah, wie sie ihn nirgend fassen und erreichen konnte. Listig wußte er bald an allen Ecken aufzusuchen, was ihm diente, so fand er bald auch die Sprechwurzel, welche die grünen Papageien vom höchsten Gipfel des Chimborasso in die Ebenen bringen, wo sie die Baumschlangen von ihnen gegen Äpfel eintauschen, die am verbotnen Baume gewachsen; wer sie aber den Schlangen abjagt, das kann allein der Teufel, und sie von dem zu bekommen, ist schwer und hat schon manchen ehrlichen Erzieher in Verlegenheit gesetzt. Als er diese ekelhafte Wurzel gierig genossen, sprang er auf einen Ofen, und wie ein Vogel, dem die beschnittnen Flügel wiedergewachsen, zur Verwunderung seines Herrn plötzlich empor auf den Baum vor dem Fenster fliegt und erst spottend sein Lied pfeift, das er von ihm gelernt, eh er sich von ihm fort im wilden Natursang durch die Luft schwingt, so waren die ersten Worte des Männleins ein spottendes Wiederholen ihrer Lehren: „Sei artig, sei gut, sei stille!" – Er konnte nicht aufhören, ihr das vorzusagen; sie hätte ihn gern gezüchtigt, aber er saß ihr zu hoch. Zuletzt, um ihre Geduld ganz zu erschöpfen, setzte er sich eine alte, verrostete Brille auf und fabelte in leeren, spottenden Einfällen von allerlei Neckerei, die er der Welt antun möchte, um sich zu unterhalten. Da mußte sie laut weinen und konnte nicht mehr hinaufsehen, denn das Vertraulichste am Menschen sind die Augen, und es ist wohl zum Verzweifeln, wenn die Schwäche der Natur solchen harten, fühllosen Glasglanz zwischen dem geliebten Menschen und uns notwendig macht, und das kann den Scharfsehenden schwindlig machen, wenn er sehen muß, wie der Sinn, der sonst seine Freude nur in Luft und Licht sucht, jetzt die harte Gewalt der Erde zu seiner Hilfe brauchen muß, die ihn notwendig mit sich herabzieht und vernichtet. Eine Brille ist das schrecklichste Gefängnis, aus welchem die ganze Welt verändert erscheint, und nur die Gewohnheit kann den Schreck vor dieser Welt, wie sie dadurch erscheint, aufheben. Wirklich erschrak jetzt Bella bis im tiefsten Herzen vor dem Liebling, der im Luftraume ihrer Schöpfung vergöttert gewesen, sie sah ein, daß sie auf ein Mittel denken müsse, den Alraun zu bezwingen, und nahm sich vor, darüber mit Braka zu reden. Als sie das still in sich beschlossen hatte, rief ihr das Männlein vom Gesimse des Zimmers zu: „Hör, Bella, ich habe dich eben mit den

Augen in meinem Nacken angesehen, da ahndet mir, du hast mich nicht mehr so lieb wie im Anfange, und wenn ich das gewiß weiß, so ist's um dich geschehen!" – Bella erschrak wie eine überwiesene Sünderin, diese Allwissenheit oder vielmehr dieses ahndende Augenpaar in dem Kleinen setzte sie in Verzweifelung, die Angst befestigte in ihr den Entschluß, sich des kleinen, furchtbaren Teufels zu entledigen. Er rief dabei vom Gesimse: „Mir ahndet, du hast etwas Böses mit mir vor, aber ich will dich schon wieder gut machen." – Zugleich stieg er herunter, sprang zu ihr auf den Schoß und küßte sie so herzhaft, daß er ihr fast die Haut aufriß mit seiner harten Barthirse, dennoch fühlte sie eine sonderbare Bewegung ihres Blutes, die sie nicht verstand, über die sie auch nicht nachdachte; doch war ihr der Kleine im Augenblicke so lieb, und sie erwartete und wußte nicht, was, von ihm.

Eine Woche später, und der Alraun war in seiner Art völlig ausgewachsen, etwa dreieinenhalben Fuß hoch; Braka hatte schon etwas von ihm gemerkt, auch hatte er nicht Lust, sich länger einsperren zu lassen, wenn sie kam, vielmehr wollte er sich der Alten recht glänzend zeigen, zog ein silbergesticktes, altes Faltenkleid von Bellas Mutter an, das ihm Bella nach allen Seiten aufnähen mußte: so saß er eines Abends ganz ruhig in der Ecke und schien zu lesen, als Braka eingelassen wurde. Bella sagte, es sei ihre Base, ein sehr reiches Mädchen, die sie zu sich nehme, die auch Braka beschenken wolle. Braka, die ihr Kompliment auch zu machen verstand, wo sie es nötig glaubte, griff der vermeinten Base nach der Hand, um sie zu küssen, war aber doch etwas verwundert über die harte, trockene, haarige Wurzelhand und zögerte mit dem Kusse. Darüber wurde der Wurzelmann böse und gab ihr eine derbe Maulschelle. Braka konnte sich in solchem Falle nicht mäßigen, sie stemmte beide Hände in die Seite und fing so heftig an zu schimpfen, daß die lachende Bella sie kaum mit der Vorstellung beruhigen konnte, die Nachbarn möchten sie hören, und dann wäre ihr Zufluchtsort auf einmal verraten. Der Alraun hatte sich aber durch die Schimpfreden nicht weniger in der guten Meinung gestört gefunden, er sprang sehr geschickt auf und rings um Braka her und verfolgte sie mit unzähligen Fußtritten; dabei fiel ihm der

Schleier herunter, sie erkannte ihn gleich für das, was er war, und demütigte sich erschrocken vor ihm. Als er sie in Ruhe ließ, setzte sie sich ganz zerschlagen auf einen Sessel und rief einmal über das andre: „Ach, Bella, was hast du für ein Glück, solch ein Männlein zu haben, das alle Schätze finden und heben kann, ja da hatte mein Schwager einen, den nannte er Cornelius Nepos.“ – „So will ich auch heißen“, rief der Kleine, „wo ist der geblieben?“ – „Ach“, sagte Braka, „mein Schwager wurde erstochen, das Männlein wurde in seiner Tasche gefunden und den Kindern zum Spielen gegeben, die brachten es einem Schweine, das hat's aufgefressen und ist davon krepiert.“ – Der kleine Herr Cornelius wurde darüber sehr aufgebracht, er verbot es sehr strenge, ihn nicht den Schweinen vorzuwerfen, und ließ sich erklären, was dies für ein Tier sei. Braka wollte ihm erst beweisen, daß er sich um die Welt und was darin fresse, gefressen werde und sonst vorgehe, gar nicht zu bekümmern habe, er müsse Schätze graben und sich um weiter gar nichts bekümmern; als aber der kleine Cornelius wieder sehr grimmig wurde, suchte sie ihn zu besänftigen, indem sie ihm allerlei hohe Ämter vorschlug, die er verwalten könnte. Es war, als wenn er schon einmal gelebt hätte, so schnell wurde er durch eine kurze Erinnerung mit allen menschlichen Verhältnissen bekannt. Bei verwachsenen Kindern findet sich häufig ein Ansatz zu dieser fatalen Gescheitheit. Nichts unter allem, was Braka ihm von dem schönen Leben eines Kuchenbäckers oder Kellermeisters vorschwatzte, reizte ihn so mächtig als ein Kommandostab, wenn er in glänzender Rüstung, wie in dem Schlosse ein Feldmarschall abgebildet war, vor tausend Rittern an dem Hause vorüberreiten würde und ihren Gruß annehmen, ja er befahl, ihn im Hause nicht anders als Marschall Cornelius zu nennen und ihm dazu eine Rüstung zu schaffen. „Dazu gehört Geld“, sprach die listige Braka, „umsonst ist der Tod, Geld, Geld schreit die ganze Welt.“ – „Dafür laßt mich sorgen“, sagte der Kleine, „ich sitze hier so unruhig, es muß hier in der Ecke der Mauer ein Schatz versteckt sein.“ – Mit ihren Nägeln hätte Braka die Steine ausgerissen, wenn sie kein ander Werkzeug hätte finden können, jetzt aber lag die eiserne Ofengabel ihr recht angenehm zur Hand vor der Türe, sie war im Augenblicke damit bei der Arbeit; ein Glück, daß der Schatz nur mit einem Stein vermauert war, alle Fußtritte des Marschalls hätten sie nicht abgehalten, das Haus zu durchbohren; auch ließ sie sich durch das Kratzen und Beißen des Männleins nicht abhalten, den Kasten voll guter Gold- und Silbermünzen in Beschlag zu nehmen. Sie setzte sich darauf und hielt dann ihren feierlichen Vortrag: „Liebe Kinder, Jugend hat keine Tugend, Kinder- und Kälbermaß wissen alte Leute, ihr wißt beide noch nicht mit Gelde umzugehen, ihr wäret verloren und kämet gleich in die Hände der argwöhnischen Gerichte, wenn ich euch nicht mit Rat zur Hand ginge; darum hört meine Meinung, was ihr tun müßt, damit wir in aller Sicherheit des Schatzes froh werden. Hör, Bella, du hast mich oft Mutter genannt, das will ich nun in der Welt vorstellen, in die ich dich einführe; du aber, Cornelius, mußt dich als mein Neffe, als Vetter meiner lieben Bella, artig aufführen, so kannst du mit uns vertraulich zusammenwohnen, wir können dich einem vornehmen Kaiser irgendwo empfehlen, daß er dich zu seinem Marschall macht; eine Rüstung können wir dir gleich kaufen, auch einen Degen und Helm und einen Streithengst, da wirst du eine rechte Freude an dir haben, da werden die Leute auf der Straße mit Fingern auf dich weisen und sprechen: Das ist der herrliche junge Ritter, der Feldmarschall, der kühne Haudegen. Die Mädchen werden niedersehen, und du wirst dir den Schnauzbart in die Höhe streichen und mit einem gewognen Nickkopfe vorbeireiten." – Hätte Cornelius sich umgewendet, so hätte er ihre Falschheit wohl sehen können, aber ihm war, seit er lebte, noch nicht so wohl geworden, als in diesen Worten der Alten; er sprang ihr auf den Schoß und herzte und küßte sie, daß Bella aus Eifersucht ihn packte und, statt zu küssen, ihn biß. Er verstand keinen Spaß in so etwas, es hätte viel Streit geben können, wenn nicht die Alte mit Beratschlagung, was nun anzufangen, hervorgetreten wäre: „Schlagt euch ein andermal, wenn mehr Zeit dazu ist, heute muß ein Entschluß gefaßt werden, wohin wir gehen, um mit Ansehen in Gent einzufahren! Da habe ich eine alte Diebshehlerin in Buik gekannt, die schafft am ersten Rat und was wir brauchen, eine Staatskutsche, worin wir den Herrn Cornelius fahren, als ob er in einem Zweikampfe verwundet worden sei und nur allmählich genese." – „Nein", sagte das Männlein, „das will ich nicht spielen, es könnte mir wirklich so gehen, und warum soll ich mich nicht sehen lassen?" – „Ach", seufzte Braka heimlich, „der ist auch einer von den Bucklichten, die nicht begreifen können, womit sie ihre Hemden zerreiben"; laut aber sprach sie: „Seht nur, Herr, so auf einem Dorfe sind nicht gleich ritterliche Kleider zu bekommen, die Eurer würdig sind, auch müßt Ihr Haar und Bart sorgsam beschneiden lassen, die Leute meinen sonst, ihr wärt der Bärnhäuter." – „Vielleicht bin ich auch von den Seinen", sagte Cornelius, „wer ist es, wo lebt er?" – „Erzähl uns von ihm", bat Bella, „diese Nacht ist fast vergangen, heut können wir noch nicht scheiden, und morgen will ich noch Abschied nehmen von allem, was mir im Hause lieb." – „Erzähl", sagte der Kleine, „oder ich schlage dich." Braka hub also an, indem sie die Öllampe zur Seite stellte und ihr Schnupftuch immer aus einer ihrer Hände in die andre strich:

### *Geschichte des ersten Bärnhäuters*

„Als Sigismund, der Ungersche König, von dem Türken geschlagen worden, ist ein deutscher Landsknecht aus der Schlacht in einen Wald entronnen; da er nun keinen Weg fand, keinen Herren, kein Geld hatte, an keinen Gott glaubte, so erschien ihm ein Geist und sagte ihm, wenn er ihm dienen wollte, so wollte er ihm Gelds genug geben und ihn selbst zu einem Herren machen. Der Landsknecht sagte: „O ja, er sei es zufrieden." Nun wollte aber der Geist wissen, ob er wohl einen rechten Heldenmut habe, damit er sein Geld nicht umsonst ausgebe, und führte ihn an das Lager einer Bärin, die Junge hatte, und als diese gegen sie ansprang, befahl er dem Landsknecht, ihr auf die Nase zu schießen. Der Landsknecht vollführte das treulich, schoß ihr in die Naselöcher zwei Posten hinein, daß sie stürzte. Da solches geschehen war, fing der Geist an mit ihm zu unterhandlen: „Zieh die Haut der Bärin dir ab, du wirst sie brauchen, gut für dich, daß du kein Loch hineingeschossen, denn soll ich dich reich machen, so mußt du mir sieben Jahre darin, als in meiner Livrei, dienen, mußt in den sieben Jahren alle Nacht eine Stunde um Mitternacht bei meinem Schlosse Schildwach stehen, mußt in den sieben Jahren dir niemals Haar und Bart und Nägel weder abschneiden noch reinigen, dich auch nie waschen, abreiben, abstäuben und einsalben; in den sieben

Jahren sollst du bei Tage frei Licht, bei Nacht mit Abwechseln Mondschein, Sternenschein und nichts haben als guten Wein zum Trinken, Kommisbrot zum Essen; auch sollst du in der Zeit kein Vaterunser beten.“ Der Landsknecht ging alles ein und sagte zum Geist: „Alles, was du mir zu unterlassen befiehlst, habe ich mein Lebtage nicht gern getan, weder Kämmen, Waschen noch Beten; was du mir zu tun befiehlst, soll mir bei einem guten Glase Wein nicht schwer werden.“ Darauf zog er seine Bärenhaut über, und der Geist führte ihn durch die Luft auf sein wüstes Schloß, das mitten im Meere liegt, woselbst er gleich seinen Dienst antrat. Sechs und ein halbes Jahr versah der Landsknecht in seiner Bärnhaut, wovon er den Namen des Bärnhäuters bekommen, seinen Wachtdienst; Haar und Bart waren ihm dermaßen gewachsen und verfilzt, daß er von Gottes Ebenbildlichkeit wenig mehr übrig behielt; Petersilie war ihm auf seiner Haut gewachsen, das sah gar erschrecklich aus.“ – Mit einem Schauder sah Bella bei diesen Worten die Hirse auf dem Kopfe des Alrauns, der sehr wohlzufrieden sie durch den Finger gehen ließ, seiner Schönheit gegen den unsaubern Landsknecht gewiß. – „Als nun sechseinhalb Jahr um waren“, fuhr Braka fort, „trat der Geist zu ihm, freute sich über sein Ansehen, sagte ihm, er brauche ihn nicht mehr, er wolle ihn wieder unter Menschen bringen, doch mit der Bedingung, daß er sich noch ein halbes Jahr in dieser seiner Verwilderung unter ihnen sehen lasse, zugleich wolle er aber mit ihm abrechnen und ihm den verdienten Geldschatz überantworten, er möchte sich damit lustig machen, so gut er könnte. Dem Landsknecht war es doch lieb, wieder unter Menschen zu kommen, weil er das Sprechen fast verlernt hatte, er ließ sich vom Geist recht vergnügt übers Meer nach Deutschland führen, nach Graubünden, weil es dort in damaliger Zeit am schmutzigsten auf dem ganzen Erdboden war. Dennoch wollte ihn da kein Wirt aufnehmen, bis er eine Handvoll Dublonen und eine Handvoll Piaster einem ins Gesichte warf; der räumte ihm seine besten Zimmer ein, daß er die gewöhnlichen Gäste von dem Hause nicht zurückschrecken möchte. Als aber der Papst, der mit gemalten Bildern die ganze Christenheit regiert, durch Graubünden kam, von dem Konzilio nach Rom zurückzureisen, da trat der Geist zu dem Bärnhäuter und malte sein Zimmer mit allen merkwürdigen Menschen der Welt, sowohl denen, die gelebt, als die künftig noch leben werden, wie den Antichristen und das jüngste Gericht, worüber der Wirt sich nicht wenig verwunderte, aber dennoch den Bärnhäuter zwang, die Nacht, wo der Papst bei ihm einkehrte, seine Zimmer einzuräumen und im Schweinestall zu schlafen, den Papst aber legte er in das vom Bärnhäuter schön gemalte Zimmer. Als der Papst am andern Morgen aufwachte, war das erste, daß er sich nach dem wunderbaren Maler erkundigte, der das Zimmer so künstlich verziert habe. Der Wirt erzählte ihm, was er von ihm wußte, und mußte ihn dann aus dem Schweinestall heraufkommen lassen. Der Papst aber grüßte ihn freundlich, fragte ihn, wer er wäre, und der Landsknecht nannte sich Bärnhäuter; darauf fragte ihn der Papst, ob er diese herrlichen Bilder gemalt? „Wer sonst?“ sprach der Bärnhäuter. Da rühmte ihn der Papst als den ersten Maler der Welt und sagte ihm, er habe drei natürliche Töchter, die er sehr liebe, die älteste heiße Vergangenheit, die andre Gegenwart, die dritte Zukunft, wenn er ihm die so malen könnte, daß er wüßte, wie jede nach einer Reihe von Jahren aussähe, so wolle er ihm die zur Frau geben, welche ihm am besten gefalle. Der Bärnhäuter versprach alles in Hoffnung auf seinen Geist. Der Papst redete darauf weiter: „Du könntest mir aber leicht einbilden, daß sie sich also verwandeln möchten, und wenn es nicht zuträfe, hättest du doch inzwischen meiner Tochter Liebe genossen, darum stelle ich dich auf eine Probe. Ich zeige dir nur meine jüngste Tochter Zukunft, und du mußt aus ihrem Anblicke die beiden älteren, Gegenwart und Vergangenheit, malen; bestehst du diese, so ist das Mädchen dein, bestehst du sie nicht, so verfällt mir dein großes Vermögen, wovon mir der Wirt erzählt hat.“ Bärnhäuter ging alles ein, lief neben dem Wagen des Papstes her und hielt ihn, wenn er umfallen wollte, und so kamen beide ohne Schaden nach Rom. Gleich am Abend stellte ihm der Papst seine Tochter Zukunft vor, die sehr schön war, aber zweierlei Farbe von Haaren auf ihrem Kopfe trug; Bärnhäuter verliebte sich gleich, sie aber entsetzte sich über seinen Anblick. Als sie fort war, rief er seinen Geist, der mit einem Farbentopfe und einem Pinsel geflogen kam und die Bilder der beiden ältern Schwestern sogleich anfertigte. Als Bärnhäuter das Bild der Gegenwart gemalt sah, vergaß er darüber der geliebten Zukunft und weinte, daß er diese nicht bekommen könnte. Der Geist tröstete ihn und sprach: In einem halben Jahre würde seine Braut dieser ähnlich und gleich sein, und so hätte er in diesem Bilde auch das vom Papste verlangte Bild, wie die Tochter in einer gewissen Zeit aussehen werde; in dem Bilde der Vergangenheit werde er aber gleich sehen, wie die Gegenwart künftig aussehen müsse. – Der Geist malte dieses Bild der Vergangenheit, und es gefiel dem Bärnhäuter nicht. Als dieser nun aber vom Geiste verlangte, er solle ihm das Bild der Vergangenheit malen, wie sie künftig aussehe, da wischte der Geist seinen Pinsel auf der Wand aus und sagte: „Entweder so wie die Wolken, daß nichts zu erkennen, oder wie das Bild der Zukunft, das du im Herzen trägst, und das ich dir niemals gut genug malen würde!" Hier verschwand der Geist. Am Morgen zeigte der Bärnhäuter die Bilder dem Papst, der sehr nachdenklich dabei wurde, ihn umarmte und seiner jüngsten Tochter als Bräutigam vorstellte. Bärnhäuter war so voll Freude, daß er nicht sah, wie seine Braut weinte, als er seinen Ring, der auseinandergeschroben werden konnte, mit ihr teilte und ihr die Hälfte an den Finger steckte. Darauf nahm er Abschied, denn so hatte ihm der Geist in der Nacht befohlen – ich hatte es zu erzählen vergessen –, und ritt nach Deutschland zurück, um dort in Graubünden sein siebentes Jahr noch auszuwarten; dann ging er nach Baden ins Bad, wo er zu seiner Reinigung über ein halbes Jahr beständig im Wasser lag und mit groben Besen abgebürstet wurde; ein Dutzend Messer wurden stumpf, eh ihm der Bart und das Haar abgeschoren waren. Als das beendigt, schaffte er sich die kostbarsten Kleider an und eilte zu seiner Geliebten zurück. – Diese war unterdessen in das Aussehen gerückt, was die Gegenwart damals hatte, sie war sehr schön, aber immer traurig, weil sie sich vor ihrem Bräutigam fürchtete und weil sie von den Schwestern, die keinen Mann bekommen, beständig seinetwegen geneckt wurde. Eines Tages rief ein heller Trompetenschall alle drei Schwestern ans Fenster; es zog ein schöner, fremder Ritter mit vielen Knechten in die Stadt, den sich die beiden ältesten sogleich zum Mann wünschten, und, o Wunder, der Ritter hielt vor dem Hause still, ließ auch um Erlaubnis bitten, ihnen aufzuwarten. Sie bewilligten es gern, und er gab sich für einen entfernten

Verwandten von ihnen aus, der eine von ihnen zu heiraten begehre und sich deswegen durch einige Gaben empfehlen wolle. Die beiden ältesten griffen begierig nach den Geschenken, die jüngste aber blieb einsam wie ein Turteltäubchen; die beiden ältesten bemühten sich um seine Gunst; sie gefielen ihm aber gar nicht mehr, die Gegenwart sah aus wie damals die Vergangenheit, und die Vergangenheit hatte ein vermischtes Gesicht wie eine Alabasterstatue, die lange unter der Traufe gestanden, die liebe Zukunft aber blühte in höchster Schönheit, ihre Haare glänzten in gleicher heller Farbe. Dennoch stellte er sich erst den beiden älteren geneigt, um die Sinnesart der jüngeren zu prüfen; als diese aber still und sittig blieb, während jene stolzierten, erklärte er sie für seine Braut, indem er ihr die andre Hälfte des Ringes am Finger anschraubte. Da war große Freude in der Verlassenen angezündet; der Papst erschien und segnete beide ein. Als aber die Brautleute zu Bette gebracht worden, ergriff die beiden älteren Schwestern eine Verzweifelung, daß sich die eine erhenkte und die andre in den Brunnen stürzte. In der Nacht trat der Geist, die beiden toten Mädchen im Arm, zum letztenmal zum Bärnhäuter und sagte: „Du hast alles erfüllt, was du mir gesollt, ich bin im Vorteil, ich habe mir zwei, du dir eine Tochter geholt. Lebe wohl und bewahre deinen Schatz.“ –

„Aber“, unterbrach sie der Alraun, „warum haben sich denn die Schwestern so geärgert, daß sie zu Bette gegangen sind?“ – „Weil sich die beiden geheiratet“, antwortete die Braka. – „Was ist denn heiraten?“ fragte der Alraun. – „Das kannst du nicht begreifen“, sagte die Alte. – Der Alraun wollte sich umdrehen, um mit seinen ahndenden Augen sie zu erforschen, aber im Augenblicke schrie er entsetzlich auf und sprang unter den Tisch, der Alten unter den vielgeflickten Rock. „Was ist dir, Scheusal?“ rief die Alte, sah auch hin, wohin er gesehen, und warf sich schreiend über den Geldkasten, und Bella legte den Kopf ängstlich in den Schoß und wagte nicht aufzublicken. – „Lebende Menschen“, sagte eine rauhe Stimme, „sind doch rechte Toren, da hören sie mit großer Freude meine schreckliche Geschichte an, und mich selbst mögen sie nicht sehen.

Wacht auf aus eurem Schrecken, oder ich schreie, daß die Balken unter und über euch biegen und brechen." – „Nun", sagte der Alraun unter dem Rocke der Alten, „was will er, Bärnhäuter? ich will ihm zuhören." – „In welchem Mauseloche steckst du, kleiner Knirps?" fragte der Bärnhäuter. – „Wo du großer Tölpel nicht stecken kannst", sagte der Alraun; „mach schnell, es wird mir sonst zu heiß hier, auch beißen mich die Schmetterlinge, was willst du von uns, unsaubrer Gast?" – „Ach", sagte der Bärnhäuter, „ich habe mich bei Lebzeiten so sehr in mein Geld verliebt, daß ich den Rest hier vermauerte und dabei nach meinem Tode Wache stehen muß, gebt mir mein einziges Vergnügen wieder heraus." – „Gib ihn hin", flüsterte die Alte, „so dreht er uns nicht das Genick um." – „Nein", rief der Kleine, „du kriegst keinen Heller heraus, du mußt ihn abverdienen, du bist aber ein starker Kerl, der uns nützlich sein kann, insofern du deinen Körper noch gehörig instand setzen, ausputzen und beschlagen kannst, um damit auf Erden als unser Knecht zu erscheinen." – „Ach", sagte der Bärnhäuter, „was den Körper anbetrifft, es sind bloß ein paar Verknöcherungen in den Adern gewesen, woran ich gestorben, die putz ich mit einem scharfen Messer leicht weg, es ist mir nur eine verfluchte Arbeit, so einem kleinen Stehauf, wie du bist, auf der Welt zu dienen: das ist auch noch eine harte Strafe für meinen Geiz." – „Ei was", sagte der Alraun und kam unter dem Rocke der Alten hervor, „ich bin nicht eben zu klein, aber du bist zu groß, und ich weiß nicht, was mir lieber wäre; ein Kleiner kann sich einschmiegen und einkriechen, wo ein Großer nicht einmal hinriechen darf; kurz und gut, willst du mir treu dienen, so zahl ich dir reichlich alle Woche einen Dukaten, bis dein Schatz wieder beisammen." – „Ich geh den Vertrag ein", sagte der Bärnhäuter, „morgen Nacht komm ich mit meinem wirklichen Körper, wenn ich ihn in der Zeit fertig kriege, zurück, neben mir an ist der Diener eines vornehmen Herren begraben, mit dem will ich Kleider tauschen, so macht mein seidner Wams kein Aufsehen, und dem armen Teufel gönn ich die kleine Freude wohl, sich so stattlich begraben zu finden, wenn er am jüngsten Tage aufsteht, er hat sich immer still und ordentlich bis auf ein bißchen Schnarchen neben mir aufgeführt." – „Es ist gut", sagte der Alraun, „das Weibsvolk hier hört dich noch gar nicht sonderlich gerne, drück dich, Mensch!" – „Nun adies", sagte der Bärnhäuter, „es bleibt dabei, aber einen Dukaten Mietsgeld würde ich mir wohl ausbitten, ich habe den Totenwürmern allerlei Kleinigkeiten versetzt, die ich wieder einlösen möchte." – „Da hast du", sagte der Alraun und zog mit Gewalt einen Dukaten aus dem Haufen, worauf die Alte lag (die ihm heimlich zuflüsterte: gib ihm die Hälfte, es ist auch genug), „da hast du den Dukaten, führ dich ordentlich bei mir auf, es soll dein Schaden nicht sein." – Der Bärnhäuter verschwand, es dauerte aber noch eine Weile, ehe Braka und Bella aufzusehen wagten. Der kleine Cornelius lachte sie aus, und sie konnten sich einer gewissen Hochachtung gegen ihn nicht erwehren. „Wenn uns der große Kerl nur nicht einmal mit all unserm Hophei davonläuft", sagte Braka. – „Wie kann er denn", sagte der Alraun, „es ist ja eben seine große Not, daß er als ein Geist sein Wort halten muß; ihr Menschen braucht das nicht, wenn ihr euch nicht eurer Seele wegen nach dem Tode fürchtet." – „Bist du denn ein Geist oder ein Mensch, lieber Cornelius?" fragte Bella. – „Ich", stammelte der Alraun, „das ist eine dumme Frage, ich bin ich, und ihr seid nicht ich, und ich werde Feldmarschall, und ihr bleibt, was ihr waret, mit solchen verfluchten, spitzfindigen Fragen bleibt mir vom Halse, wenn man darüber nachdenkt, so zieht es einem Blasen im Gehirn, wie der Meerrettich auf der Haut." – „Woher weißt du denn das vom Meerrettich?" fragte Braka. – „Als ich da oben stand unterm Galgen, da stand eine Meerrettichpflanze neben mir, die tat sich immer viel darauf zugute, daß sie Blasen ziehen könnte und daß die Augen bei ihr übergingen, das nannte sie ihre tragische Wirkung. Gute Nacht", rief er zuletzt, „Braka, auf Wiedersehn! mach dich fort und besorg mir nur recht bald den Kommandostab." Als er fortgegangen, beredete Braka alles, was noch zu ihrer Wanderung nötig, die auf die nächste Nacht unabänderlich festgesetzt wurde.

Am andern Abende ging Bella noch einmal in den kleinen Garten; was sie erlebt, drängte sich ihr zusammen, jeder Zweig schien ihr bedeutend. Der Nacht, wo sie den Erzherzog gesehen, erinnerte sie sich, er selbst war ihr aber ganz entfallen, sie konnte sich nicht denken, wie er ausgesehn habe, auch schien ihr das wenig wert; sie freute sich in die Welt einzutreten, aber sie fürchtete, die sie umgaben, und das Gefühl, daß sie ihr zu schlecht wären, überraschte sie sehr schmerzlich; sie schämte sich ihrer, weil sie ihren Vater gekannt hatte, und alle Dankbarkeit gegen Braka, alle Freude, die sie über das Gedeihen des kühn und glücklich erschaffenen Wurzelmännchens hegte, konnte diese Scham nicht unterdrücken. Es lag ihr die Hoheit ihres ägyptischen Stammes im Blute, und sie sah zu den Sternen zutraulich als zu ihren Ahnen und fühlte den Sommer ihres Landes jetzt in dem kalten Oktober, wo der Nil sinkt und alles sich zur Arbeit regt, aber sie wußte auch das alte Verbrechen ihres Volks, daß sie der heiligen Mutter Maria auf ihrer Flucht nach Ägypten kein Obdach geben wollten, als sie mit ihrem seligmachenden Kinde im starken Regen einritt; da erhob aber dieses seine Hand im Kreise, und über ihnen stand ein Regenbogen, der keinen Tropfen auf sie niederfallen ließ. „Ist unsre Schuld noch nicht gebüßt!“ seufzte Bella, und rings um den Mond erblickte sie einen wunderbaren farbigen Kreis, daß ihr Herz aufjauchzte und ohne Worte betete. „Mit welcher Sehnsucht hat mein geliebter Vater Michael“, dachte Bella, „nach jenen Hügeln geblickt, den ersten Gruß der Morgensonne zu erwarten, und ich soll sie hier in der Stille nie wiedersehen. Was haben sie mit mir vor, die mich umgeben, soll ich fliehen in die Weite, so weit meine Füße mich tragen, die Welt ist ja nirgend verschlossen!“ – Die Sehnsucht nach der Freiheit bewegte sie, da flüsterte ihr Braka leise zu, die sich ihr genähert: „Der Bärnhäuter hat schon alles aufgesackt, der Cornelius reitet auf seinem Nacken, hast du noch was mitzunehmen?“ – „Ei freilich“, sagte Bella, „da sind noch meine Puppen und das Zauberbuch.“ – „Ach, liebes Kind“, sagte die Alte, „das hat der grobe Bärnhäuter aus Unvernunft alles in den Ofen geworfen; sei nur nicht böse, tröste dich.“ – Bella sah nieder: „So muß ich auch das alles verlassen, womit ich gespielt habe.“ – „Ja, liebes Mädchen“, sprach Braka und umarmte sie, „ich habe es dir schon seit ein paar Wochen sagen wollen, du bist nun erwachsen, kannst auch alle Tage einen Mann nehmen; freust du dich nicht, Blitzmädchen? Wie ist dein Busen hervorgetreten wie eine Frucht unter Blättern, und du hast es nicht bemerkt, sieh, der Mond hat Platz, seine Strahlen hinüberzurollen.“ – „Alte, bist du unsinnig?“ fragte Bella. – „Ach laß mich“, sagte Braka, „es ist

Nacht, und ich mag auch einmal vergessen, wie ich mich in aller Welt gleich einem Rauchbesen herumgetrieben, alle Spinnweben, allen Schmutz ausgekehrt habe, daß ich schmutzig bin und bleibe. War auch einmal jung und artig, sang mit unsern schönen Jünglingen und reimte Lieder, und nun ich dich so sehe und du von allem nichts weißt, was mit dir geschehen, da denke ich für dich und freue mich für dich. Sieh, du bist nun ein großes Mädchen, und alle Lust geht dir auf, und wo du hinblickst, jeder fühlt und will was bei dir, und wenn du nur eine Hand ausstreckst, wird es ihnen heiß in den Adern, sie stammeln und scheuen sich und rasen und hetzen, und blickest du einen an und dann den andern, so schlagen sie sich und rechnen ihr Blut für nichts gegen dein Blut und vergießen es für dich." – „Ach Gott", rief Bella, „welch ein Unglück steht mir bevor, lieber lauf ich davon und verberg mich aller Welt!" – Braka hielt sie und sagte: „Fliehen willst du, unartiges Kind? Wenn du dir das je unterstehst, ich will dich schon wiederkriegen, da peitsche ich dich mit Brennesseln. Du bist doch noch dumm wie ein Klotz; wenn man der dummen Gans alles Liebe sagt und tut, sie versteht kein Wort; kommt jetzt herein, wir haben keine Zeit übrig, ein andermal sag ich dir mehr!" – Sie schob Bella ins Haus, die wunderlich bewegt von dem, was sie gehört, noch mehr von dem, was sie erwarten sollte, sich über den Verlust ihrer Bücher und Puppen tröstete und den Bärnhäuter kaum anstaunte, der in seiner braunen Livrei einem Bären glich, auf welchem der Alraun wie ein menschlich angezogener Affe ritt, um sich auf einer Kirmes sehen zu lassen. Braka ging voran, Bella folgte ihr, der Bärnhäuter schlug die Tür zu; alle waren still, nur Braka brummelte vor sich, wenn sie den verschneiten Weg nicht recht erkennen konnte. Auf dem Galgenberge sahen sie großen Tanz, sie kehrten sich nicht daran; ein paarmal wurden sie durch Feldhühner erschreckt, die aus dem Schnee aufflogen. Endlich sahen sie das Dorf Buik in einer Vertiefung liegen, und Braka erkannte die Lampe ihrer alten Diebsschwester, der Nietken.

Sie näherten sich leise einer Gartentür, und Braka machte ihre Gegenwart durch Wachtelgeschrei kund. Es kam ein kleines Mädchen, die sah sie an, machte die Türe auf und führte sie in einen Keller und durch den Keller die Treppen hinauf in ein Bodenzimmer, das durch die Türe eines Nebenzimmers erleuchtet wurde. Braka ging unverzagt in dieses zweite erhellte Zimmer, wo eine dicke, alte Frau, die in einem schönen, grünen, seidnen Kleide einer Platznelke glich, weil sie dasselbe hin und wieder teils mit ihrem roten Gesicht und Händen, teils mit ihrem rotwollenen Unterrocke durchschimmern ließ, vor einem kleinen Hausaltare kniete, der mit einem schönen Bilde der Mutter Maria und vielen bunten Wachskerzen geheiligt war. – „Nun, du alter Sausack", sprach Braka, „betest du wieder, weil du viel getrunken hast und der Schluckauf dir nicht vergehen will?" – Frau Nietken, denn das war die Betende, sah sich um, winkte mit der Hand und betete ihren Rosenkranz emsig fort. Der Bärnhäuter fand sich auch zur Andacht gestimmt, er kniete nieder, auch Bella, die recht schöne Gebete wußte; aber Braka, die alle Schlüssel und Gelegenheiten des Hauses kannte, nahm eine große Kanne schwer Bier aus einem Wandschranke und trank für alle.

Unterdessen war der Alraun über allen lächerlichen Kram im Zimmer, wo alte Tressen, Lappen, Küchengeschirre, Leinenzeug in abgesonderten Haufen lag, so verwundert, daß er sich nicht satt daran sehen konnte; alles war ihm neu, aber er wußte sich bald alles zu deuten. Frau Nietken, die eine Trödlerin von sehr ausgebreitetem Handelsverkehr war, versammelte die seltensten Vorräte von Altertümern aller Art; da war im Hause auch das kleinste Hausgerät nicht in der Art zusammenhängend und dem Hause gemäß, wie man es sonst allerorten findet; sondern aus einer sehr natürlichen Auswahl der Leute, die sich immer das Brauchbare aus ihren Ankäufen herausgesucht hatten, war ihr zum Gebrauche nur das Abenteuerlichste geblieben, was die Laune irgendeiner Zeit oder eines Reichen für einen besondern Fall geschaffen hatte. Die Stühle zum Beispiel in der Dachkammer waren von hölzernen Mohren getragen, über jedem ein bunter Sonnenschirm, sie stammten aus dem Garten eines reichen Genter Kaufmanns, der viel Geschäfte in Afrika gemacht hatte. In der Mitte des Zimmers hing eine wunderliche gedrehte Messingkrone, sie hatte sonst die aufgehobene jüdische Synagoge zu Gent beleuchtet, jetzt steckte ein gewundenes buntes Wachslicht zu Ehren der Mutter Gottes darauf. Der Altar war eigentlich ein abgedankter Spieltisch, an welchem die ledernen Geldsäcke ausgerissen und eine gewesene Salzmäste, mit Weihwasser gefüllt, eingesetzt war. An den Wänden hingen gewirkte Tapeten, welche alte Turniere darstellten, die Ritter und die eisernen Harnische hingen in Plundern herunter.

Die gute Frau Nietken, die zu ihrem Geschäft, das sich auch gelegentlich über gestohlne Sachen ausbreitete, die sich in dem Hause gar leicht verstecken ließen, alles Gaunervolk der Gegend brauchte, war eine Herzensfreundin von Braka, die ihr sehr gut nach dem Maule schwatzen konnte. Kaum hatte sie ihr letztes Ave gebetet, so erhob sie sich im Verhältnis zu ihrem dicken Leibe mit großer Rüstigkeit, stellte sich mit eingestemmten Armen vor Braka hin und sprach: „Nun, du alte Vettel, kannst wohl gar nicht mehr beten, hat es dir dein Herrgöttchen, der Teufel, verboten? Wann wird er dich holen? Du altes Weib, wirst ja alle Tage runzlichter. Pfui Teufel, wenn ich so aussähe wie du, ich ginge nicht über Feld!“ – „Du bist schön jung“, kreischte Braka, „Siehst aus wie mein alter dicker Spitz, wenn ich ihn frisch geschoren; die weißen Haare wachsen strichweis aus dem roten Gesichte heraus; hast sicher heut zuviel Pfefferwasser getrunken. Kannst du noch russisch tanzen, du tolles altes Trompetergesichte?“ – „Heida, das geht noch!“ trompetete Frau Nietken und tanzte zu aller Erstaunen, als wollte sie die Beine sich ausschlenkern, rutschte dann auf den Knien, klatschte an ihr Fleisch, bis alle in ein entsetzliches Gelächter ausbrachen, und sie schwur, daß ihr alle Knochen im Leibe zerbrochen wären, und daß sie ein Glas spanischen Wein trinken müsse.

Nun sah sie erst beim Wein die übrigen an. Als sie Bella erblickte, sagte sie zu Braka: „Laß mir die, die soll mir zur Hand gehen; was hast du für Schlechtigkeit mit der im Sinn, soll dir die Geld verdienen?“ Braka versicherte ihr mit recht ehrerbietiger Stimme, dies sei ihre Herrschaft. – „Wer ist denn die Kröte da?“ fragte Frau Nietken weiter und wies auf Cornelius. – „Ich bin der Feldmarschall Cornelius“, antwortete der Alraun, „hab sie mehr Achtung gegen mich, alter Hahnenkamm!“ – „Nun“, fuhr sie fort, „der muß wohl Feldmarschall bei den Unterirdischen sein; wer aber bist denn du, alter Zeiselbär, hast ja eine Livrei, die ich kennen sollte? Ei ja, ich hab sie dem Herren von Floris für eine neue gebracht, die er seinem alten Bedienten im Grabe nicht gönnte. Am Ende ist die zum Stehlen auch nicht zu schlecht gewesen; hast du sie aus dem Grabe geholt, du siehst darnach aus!" – Der Bärnhäuter, den sie also anredete, ohne ihr zu antworten, reichte ihr eine derbe Maulschelle, worauf das alte Weib sogleich ganz nüchtern wurde und fragte, was sie beföhlen.

Braka konnte ihr jetzt alles deutlich machen, was sie an guten Kleidern und Schmuck brauchten, und daß sie in aller Frühe in ihrem besten Staatswagen nach Gent gefahren sein wollten, um dort irgendein mietfreies Ritterhaus zu bewohnen.

Die treffliche Frau Nietken hatte es gleich weg, daß viel bei diesem Handel zu verdienen sei; also weckte sie im Augenblicke ihre Leute und lief treppauf, treppab, um das Schönste ihnen aufzusuchen. Arme voll Kleider warf sie ins Zimmer, da wurde ausgesucht und zwei Koffer damit gefüllt, mit Wäsche konnten sie nur sparsamer versorgt werden, denn die Niederländer verkaufen lieber ihr Kleid als ihr Hemde. Nachdem für den Anzug gesorgt war, sprang Frau Nietken herbei mit Kohlen und einem Brenneisen, um die Haare nach damaliger Sitte zu locken. Da half es nicht, daß Bella ihr die natürlichen Locken ihrer Haare zeigte, die waren ihrem feinen Geschmacke nicht gut genug; es war dem armen Kinde wie eine Teufelsklaue, die sie gepackt, als sie die Haare um das heiße Eisen gewickelt ihr heiß an die Stirn drückte. Bellas Hinterhaare waren trotz des Abschneidens noch lang genug zur damaligen Lockentracht. Bellas fürstliches Ansehen hielt Frau Nietken in gewissen Schranken; auch Braka, als sie gewaschen und frisiert war, hatte sich veredelt, sie erschien wie eine sehr ehrwürdige alte Hofmeisterin, denn als Mutter der schönen Bella hätte man sie wohl nicht durch den Anblick anerkennen mögen. Die Eitelkeit erwachte in Braka wie in Bella nicht schlecht, und als sie erst ihre seidnen Kleider angezogen, stolzierten beide stillschweigend vor den Spiegeln herum.

Aus dem Feldmarschall konnte Frau Nietken am wenigsten machen. Umsonst hatte sie ihm sein grobes Haar gestutzt, er war und blieb nach der ganzen zusammengedrückten Gesichtsform, den hohen Schultern und der beengten Sprache ein Zwerg. „Hör, Kleiner“, sagte sie, „wenn du kein Zwerg bist, so bin ich keine ehrliche Frau!“ – „Was“, sagte Cornelius, „ich bin ein Mensch, und du nennst mich einen Zwerg? Was ist denn ein Zwerg?“ – „Ich weiß es wahrhaftig nicht“, sagte Frau Nietken, „aber du kamst mir vor wie ein Zwerg, ich glaub, du könntest dich für Geld sehen lassen!“ – „Das wäre mir lieb“, sagte Cornelius, „vielleicht!“ und meinte in seiner geldbringenden Natur, alles was mit Gelde bezahlt würde, sei auch ehrenvoll, und das sei eine Artigkeit der guten Frau.

Am Morgen waren alle ausstaffiert, Cornelius wurde im Schlafrock in die schöne, vergoldete Kutsche getragen, seinen Kopf hielt die Frau von Braka, Fräulein Braka seine Beine, der Bärnhäuter saß auf dem Bocke: so fuhren sie mit ziemlichem Herzklopfen aus, teils von der Furcht, teils von den Kleidern eingeklemmt, denn der neue Staat wollte keinem recht passen; aber freilich war er auch ziemlich zusammengetrödelt und doch so teuer, daß der Bärnhäuter über die Anwendung seines Schatzes heimlich geseufzt hatte. Als sie eine halbe Stunde gefahren waren, fing Cornelius heftig an zu lachen und sagte: „Die alte Katze meinte, daß sie uns recht geprellt hätte, ich hab sie aber angeführt: in den alten Stiefeln, die sie mir angezogen hat, ist ein schöner Schmuck von kostbaren Steinen eingenäht, wer weiß es, wie sie dazu gekommen, sie hat's aber nicht gewußt, trennt einmal die Naht ganz zierlich mit diesem Messerchen auf.“ – Braka machte sich darüber, schnitt die Stulpen auf und fand die kostbarsten Diamantketten zum Halsschmuck; sie griff sich aus Vergnügen nach alter Gewohnheit in die Haare und verdarb sich damit ihren halben Kopfputz: „Ach, wie prächtig wird mir der kleiden!“ sagte sie und machte Anstalten, ihn um ihren gelben Hals zu legen. Cornelius aber verlangte, daß Bella ihn tragen sollte, und es wäre darüber vielleicht zum Streit gekommen, wenn die Nähe der Stadt die Aufmerksamkeit der Alten nicht gefesselt hätte. Cornelius hing der schönen Bella die Halskette ungestört um, die ihr künftig so wichtig wurde. „Seht euch doch um, ihr Kinder“, rief jetzt Braka, „euch ist es was Neues und ihr achtet nicht darauf: seht den lieben Reichtum rings an der Stadt, die Frachtwagen ziehen so breit, daß wir ihnen kaum ausweichen können." Aber Cornelius und Bella sahen nur nach den zierlichen Reitern, die ihre Pferde tummelten; nach den Schafen, die von den Metzgern zur Schlachtbank getrieben wurden; ein Wagen voll Kälber, die jämmerlich aufeinanderliegend blökten, erschreckte Bella, so auch das Lärmen in den Wirtshäusern der Vorstädte, wo der tägliche Erwerb schon so früh Zank und Schlägerei erweckt hatte.

Endlich kamen sie an die Torwache; ein Bürger trat mit der Hellebarde heran und fragte, woher sie kämen. „Aus dem Lande Hadeln!" antwortete Braka in der Verlegenheit, „ich bin Frau von Braka, dies ist meine Tochter und dies mein Neffe, der Herr von Cornelius." – „Fahr zu", rief die Schildwache, und der Kutscher brachte sie, während sie zitternd triumphierten, daß ihnen von der Wache kein Einwurf gemacht worden, nach dem Hause am Markte, das Frau Nietken zu vermieten den Auftrag hatte, wo sie ohne alle besorgliche Ereignisse abstiegen und sich einrichteten.

Die ersten beiden Monate wurden darauf verwendet, ein vornehmes Wesen zu erlernen; es wurden Lehrer und Lehrerinnen angenommen, und was sich im Betragen der alten gnädigen Frau nicht schickte, wurde immer dem Lande Hadeln zur Last gelegt, wo das Adeln noch nicht recht tief eingedrungen sei. Bella erschien bald in allen ihren Sitten der feinsten Gesellschaft gleich; sie sprach spanisch mit Fertigkeit. So verborgen sie sich hielt, war sie doch schon das Gespräch der jungen Leute, die alle Tage vor dem Hause vorüberritten, um sie zu sehen und ihre Aufmerksamkeit auf sich zu ziehen. Der Herr Cornelius befand sich am schlechtesten bei seinem neuen Stande, die enge Kleidung wollte ihm gar nicht behagen, und das Fechtenlernen machte ihn zum Umsinken müde. Auf der Reitbahn konnte er es mit allem grimmigen Gesichterschneiden durchaus nicht vermeiden, daß nicht über ihn als über ein Wundertier gelacht wurde, die zahmsten Pferde wurden bei seiner ewigen Unruhe wild und warfen ihn herunter. Er aber war nicht abzuschrecken, er stieg gleich wieder auf, und das wiederholte sich oft zehnmal in einer Stunde, kein andrer Mensch hätte diese Stöße aushalten können. Glücklicher war er in seiner übrigen Ausbildung; seinen Lehrer der Rhetorik beschämte er oft mit seiner Beredsamkeit und ärgerte ihn mit seinen Späßen. Er konnte den meisten Leuten in ihrer Sprache geschickt nachreden, hatte aber keine eigne Sprache; dennoch machte ihm sein boshafter Wille, der manches Versteckte mit ahndendem Auge auffassen konnte, eine Menge Bekannte, die ihn in Schutz nahmen und alle Leute auf den Fuß mit ihm setzten, daß dem Kleinen nichts übel zu nehmen sei; ihm wurde jede Stadtgeschichte vorgetragen, und er mußte sie vermehren und mit Einfällen spicken, so wurde sie weiter in Umlauf gesetzt, daß eine Art von Reibung in der Stadt entstand, die endlich auch den Erzherzog berührte. Der Erzherzog hatte die Nachricht bekommen, daß er wegen eines im Briefe an seinen Großvater Ferdinand ausgelassenen Titels von demselben enterbt worden sei, als er eben ärgerlich nach Hause kam, weil er ein tragendes Reh, das er für einen Rehbock angesehen, geschossen hatte. Beide Ereignisse hatte der kleine Cornelius gleich in Verbindung gesetzt und bat einen Pagen, er möchte dem Erzherzog raten, statt beim Großvater lieber im Walde einen Bock zu schießen.

Der Erzherzog erfuhr die Worte, und da er leichten Blutes war, so mußte der Edelknabe den Spötter zum Essen laden. Der kleine Cornelius trat innerlich mit einem Beben, aber um so frecher und unverschämter ins Zimmer; Karl war in der Blüte seines Lebens, und sein Mitleid beschwichtigte den lächerlichen Eindruck, den ihm der kleine stramme Kerl machte. Karl fragte ihn über sein Land aus, der Kleine war unerschöpflich in lächerlichen Beschreibungen von den Bauern im Lande Hadeln, und jedermann hätte geschworen, es sei wahr. Über das ihm reichlich wie Zuckerwerk zugeworfene Lob stieg ihm der Mut immer mehr in der Eitelkeit, wie ein Tauchermännlein, wenn der Druck der großen Hand über ihm nachläßt; er fing an von seinem Zweikampfe zu prahlen, den er zur Ehre seiner Damen gegen zwei fremde Ritter bestanden, die er tödlich verwundet hätte, wobei er aber selbst an der Brust durchstoßen, so daß er halbtot nach Gent gefahren sei. Als einige nach dem Wundarzte fragten, der ihn behandelt, und seiner Zuversicht mit zweifelndem Blick begegneten, riß er sich die Weste auf und zeigte seine eingekerbte Wurzelhaut, die jedermann für vernarbt ansah. Nach diesem Hauptschlag rühmte er seine Reichtümer und seine Familie; die Tante Braka wurde eine so altadelige herrliche Hofdame, voll Erfahrung und Charakter, Herzensgüte, Zartgefühl und feiner Lebensart, wie Gent noch keine aufzuweisen hätte. Bellas Schönheit übertraf nach seiner Beschreibung die Helena; dabei erzählte er von ihrer Unschuld eine Menge Anekdoten, die allerdings wahr waren, die ihm aber niemand glauben wollte, weil sie ihre wunderliche Erziehung und Natur hätten kennen müssen. Zuletzt gab er zu verstehen, daß er sie heiraten werde. Der Erzherzog bekam einen eignen Anfall von Sehnsucht nach ihr, wie er aber schon früh sich zu verbergen wußte, so suchte er nur durch Spott den Kleinen dahin zu bringen, daß er einmal öffentlich mit seiner Braut erschiene, und dazu schlug er ihm die nächste Kirmes in Buik vor, die von allen vornehmen und geringen Gentern gleich zahlreich besucht werde. Der Kleine ließ sich fangen und gab das Haus der Frau Nietken an, wo er mit den Seinen erscheinen wollte. Nach dieser Verabredung gingen sie auseinander, aber der Erzherzog, der noch kein Mädchen näher kennen gelernt hatte und die meisten nicht der Mühe wert gehalten, empfand ein solches unwiderstehliches Vorgefühl, daß er auch ohne Bellas täglich herrlicher sich entfaltenden Schönheit sich wahrscheinlich in ihr unschuldiges und heimliches Wesen verliebt hätte. Er sprach mit Cenrio, der sein Vertrauen durch Aufopferung seiner Pflicht oft schon bei unbedeutenderem Anlaß erkauft hatte, wie sie der strengen Aufsicht des Adrian von Utrecht, des Oberhofmeisters, entgehen könnten. Cenrio versprach ein altes Buch mit einem falschen Titel einzurichten, daß Adrian glauben könne, es sei ein ihm unbekannter Anhang zu den Sentenzen des Petrus Lombardus, über die er einen Kommentar schrieb, das solle bei Frau Nietken zum Verkauf liegen, und so werde er sich gleich darüber machen, es zu durchlaufen, und ließe sie laufen, wohin ihr Lusten sie treibe. Der Erzherzog war des Vorschlags sehr froh. Nichts schmeichelt einem jungen Fürsten mehr, als in der Befriedigung seiner Leidenschaft die Klugheit lächerlich zu machen, und nichts verdirbt schneller.

Als die Begeisterung des Wurzelmännchens über alle Ehre, die er beim Erzherzog genossen, etwas nachgelassen mit dem Weindunste, der seinen kleinen Kopf eingenommen hatte, so gingen ihm alle einzelnen Reden hindurch, die er mit ihm geführt, daß er sich als Bräutigam ausgegeben, daß er Bella auf der Kirmes ihm zeigen wollte. In eitlem Vergnügen rieb er sich die Hände und konnte sich nicht enthalten, alles dem alten Bärnhäuter zu sagen, der wie alle Bedienten klug genug war, so dumm er in seinem Dienste sein mochte, seinem Herren den Kutzen zu streichen, aus welchem ihm schon manches Trinkgeld gefallen. Dies vollendete, wozu der Kleine aus Nachahmerei seiner Bekannten schon vorgereift, eine feste Überzeugung in ihm, er sei in Bella verliebt, und bei der vielen Zärtlichkeit, die sie aus einer Art mütterlichen Gefühls ihm bezeugte, glaubte er in ihr ein gleiches Gefühl voraussetzen zu dürfen und hielt seinen Vorteil für so gewiß, daß er nicht einmal die ahndenden Augen auf sie zu werfen nötig fand, um zu unterscheiden, wie sich alles in ihr verwandelt hatte, wie sie nicht bloß mit ihren Augen die Frühlingssonne, sondern auch mit ihrem Herzen die Liebe gesucht habe. Er kannte nicht die Macht des Frühlings, der aus dem Himmel in alle Fenster ruft: „Ihr Mädchen schaut euch um nach einem, der mir gleicht."

Auch Bella hatte die Frühlingsstimme gehört und lief unzähligemal von ihrer Arbeit ans Fenster, und so kam es, daß seit ein paar Tagen mit ihr eine so gerechte und natürliche Veränderung vorgegangen war. Sie hatte in der Abwesenheit des Kleinen, der die Zimmer nach der Straße bewohnte, einmal gerade zu der Stunde durch die Teppiche der dichtverhängten Fenster nur mit einem Auge gesehen, als der Erzherzog mit seinem Gefolge vorbeiritt, aber ein Schlag, mächtig wie jener, der sie auf dem Galgenberge betäubte, doch ohne jenes Schrecken, hatte ihre Erinnerung aufgeklärt, und wie das goldne Vlies an einer starken, unauflöslichen Kette um seinen Hals hing, so war sie an seinen Blicken hängen geblieben, das sanfte, liebe Lamm, mit ganzer Seele; und das alles, was sie vor dem Zauberschlage am Galgenberge in ihrer Seele für ihn gefühlt hatte, das war in der Einwirkung seiner hellen Augen ihr wieder ganz gegenwärtig geworden. Ja, als er vorbei war, schlug sie die Hände über den Kopf zusammen und weinte so heftig, weil ihr alles verhaßt war, was sie erlebt, was sie umgab, daß Braka herbeieilte und lange kein Wort ihr entlocken konnte und endlich selbst mit ihrem Troste in ein geselliges Heulen ausartete. Bella mußte sich einem in der Welt vertrauen, sie bekannte ihr endlich, wer ihr wieder erschienen, wie verhaßt ihr nun dieses Lernen im Stadtleben sei, wie froh sie jetzt im kleinen Hause vor der Stadt an den Bodenfenstern Frühling und Sommer in Nähe und Ferne überschauen könne, der jetzt kaum in einzelnen Baumspitzen und abgebrochenen Blumensträußen zu ihnen dringe. „Mutter“, seufzte sie, „wie möchte ich still ungestört in einsamen Nächten durch die Fluren schauen und beten.“ – Als Braka das gehört, schlug sie lustig in beide Hände und sprach: „Sieh, verstehst du nun, was ich dir im Garten sagte, ehe wir nach Buik gingen? Nun, wenn's weiter nichts ist, da will ich dir schon Mittel schaffen, die dir besser helfen als Seufzen und Beten. Du sollst ihn haben, du mußt ihn haben, denn sieh, liebes Kind, das ist schon lange mein versteckter Plan mit dir, den auch die Oberhäupter unsres Volks billigen. Du mußt von diesem künftigen Erben der halben Welt ein Kind bekommen, das durch die Liebe seines mächtigen Vaters den zerstreuten Überbleib deines Volkes in Europa sammelt und in die heiligen Wohnplätze unseres Ägypterlandes zurückführt. Also weine nicht, das macht dir die Augen trübe, ich will ja nichts andres, als was dir lieb ist.“ – „Aber wie soll ich von ihm ein Kind kriegen?“ fragte Bella. „Wird er es mir gleich ohne Umstände aus dem Brunnen holen, von dem mir der Vater erzählte, wo eines immer muß die Leiter halten, während das andre heruntersteigt?“ – „Liebes Kind“, sagte Braka mit verschmitzter Bosheit, „wenn du mit ihm allein bist, mußt du ihn recht dringend darum bitten; wenn er gerade in recht gnädiger Stimmung, so gewährt er es dir vielleicht im Augenblicke, und du wirst immer stark genug sein, ihm dabei die Leiter zu halten!“ – „Ach, mein Karl ist gewiß gut, das sagte mir sein Auge, seine Stirn, als er im Vorbeireiten das Barett vor einem alten einbeinigen Kriegsknecht abnahm, er tut's mir gewiß zu Gefallen“, rief Bella, „wir wollen es ihm durch den Kleinen sagen lassen.“ – „Um unsrer lieben Jungfrau harte Haut am Fuße bitte ich dich“, sprach Braka und hielt ihr den Mund, „sage dem kein Wort, denn sieh, der würde es dir in seiner

Bosheit nicht vergeben, daß du dich bisher stelltest, als sei er dein Schatz." – „Mein Schatz, nein, das war er nie", sagte Bella, „aber er war mir bis zu dieser Stunde lieb; jetzt wollte ich, wir hätten ihn oben stehen lassen beim Meerrettich, er scheint mir jetzt recht unmenschlich, ich weiß nicht, warum?" – „Nun, Kind", fuhr Braka fort, „darin kann ich dir nicht unrecht geben; ich hab mich lange gewundert, wie du so schmeichelnd zuweilen den garstigen Kniehoch auf deinen Knien reiten ließest, während er dir alles gebrannte Herzeleid antat, deine Zeichenbücher zu Papierknallen zerriß, Suppe auf deine Kleider schüttete. Aber sei klug, folge mir, laß dir nichts merken, wenn ich ihm die verfluchten Augen hinten einmal packen kann, reiß ich sie ihm aus, daß er das nicht entdeckt. Er muß uns Geld und Gelegenheit schaffen, daß wir den Erzherzog sehen; schmeichle ihm recht, daß du ihn liebst." – „Aber ist das nicht unrecht?" fragte Bella. – „Wie dumm", rief Braka, „wenn es ein Mensch wäre, ei nun, aber eine alte Wurzel, was kann man da für Unrecht tun, eine andre wird mir nichts, dir nichts klein geschnitten und gekocht; Ehre genug für diese, daß wir mit ihr wie mit einer Puppe zuweilen umgehen. Nun weiß ich wohl, es wird uns nicht leicht werden, seiner los zu werden, aber da hab ich mein Plänchen mit dem Bärnhäuter, der ist des Dienens zum Verzweifeln satt und müde und möchte sich gern wieder zu Grabe legen, der mag ihn mit dem Schatze nehmen. Hat dich der Erzherzog lieb, so brauchen wir keine solche Schätze, der wird uns nicht Hungers sterben lassen." –

Bella, in ihrer Ungeduld nach dem Erzherzoge, ging alles ein, sie wollte sich gegen den Kleinen zärtlich stellen, und sie hatte in den nächsten Tagen schon Gelegenheit dazu, als er von dem Erzherzoge heimgekehrt war und ihr zum erstenmal von der Zukunft redete, wie sie sich in Gent vermählen und niederlassen wollten. Braka war gegenwärtig und fragte ihn listig, wie es denn mit seinem Kriegshandwerk jetzt stehe, ob er bald General oder Korporal sein würde. – Er lächelte selbstzufrieden und gab zu verstehen: seine Anstellung sei ziemlich unfehlbar, er vermochte alles über den Erzherzog; dann erzählte er ihnen, wie er mit diesem eine Zusammenkunft in Buik zur Kirmes verabredet hätte, sie möchten sich doch bei Frau Nietken einige artige Zimmer bestellen. – Braka war heimlich erfreut, wandte aber scheinbar ein, daß die Frau sie kenne und sie verraten möchte, doch freilich sei dies in Gent ebenso möglich, und mit Geld ließe sie sich leicht in ihr Interesse ziehen. Die Lustfahrt wurde also beschlossen und gleich die Schneiderinnen zu einem rechten Feststaate in Bewegung gesetzt; es entstand ein Geschicke nach allen Seiten, daß selbst der arme Bärnhäuter, trotz seiner kalten Leichennatur, schwitzen mußte. Dieser gute Kerl tat wirklich alles, was man nur von einem lebenden Menschen erwarten konnte, dabei aß er aber so gewaltig, daß seine irdische Natur ein frisches Leben gewann und er sich immer mehr überzeugte, er werde sie nicht mehr so geruhig zu Grabe bringen, wie sie sonst darin gelegen, auch erhob sich zuweilen ein solcher Streit zwischen dem lebenden und verstorbenen Körper in ihm, daß es ihm über der ganzen Haut zuckte und juckte. Ebensolcher Zwiespalt war in seiner Meinung von der Herrschaft: sein verstorbener Leib rechnete sich zu Herren Cornelius, sein neulebender war ganz der Frau Braka und der schönen Bella ergeben und achtete den Herren nicht mehr als einen Glückspilz. Wie nun die eine oder die andre dieser Seiten hervortritt, werden wir ihn bald für den einen, bald für den andern tätig sehen; doch verriet er keinen dem andern.

Alles war endlich zur Fahrt bereit. Der Wagen hatte dreifach bezahlt werden müssen, solch eine Menge Leute, die sonst im stillen Gewerbe lebten, hatten diesen Tag zum Auslüften sich erwählt. Da traten so viele verlegne Kleider ans Licht, da lärmten die Kinder so früh im Hause; aber nur die wenigsten konnten sich der Bequemlichkeit eines Wagens erfreuen, die meisten mußten sich in langen Reihen einen Weg durch das Korn drängen, um nicht im Staube des Fuhrweges zu ersticken; doch zogen andre diesen vor, weil viele die reichen, geputzten Kaufleute und den Adel nicht früh genug zu sehen meinten, wenn sie dort alle versammelt wären, sondern sie einzeln auf dem Wege dahin zu mustern wünschten. Insbesondere war aber die Schaulust durch die allgemein verbreitete Nachricht gespannt worden, daß selbst der Erzherzog im großen Staate des Vliesordens mit allen seinen Edelknaben und allen Rittern die Lustbarkeit der Buiker Kirmes mit seiner Gegenwart beehren werde, eine Herablassung, die ohne Beispiel war und die Vorsteher des Orts zu der gewaltigsten Anstrengung an Reden und Ordnungsgesetzen, Ehrenpforten und Blumenopfern begeistert hatte. Von einem sichtbaren Punkte zum andern waren Bauern mit Fahnen ausgestellt, durch deren Wink der Ausritt des Erzherzogs kundgetan werden konnte; bei jeder Fahne hatte sich ein Haufe Wanderer gesammelt. Dieser Prinz, der weniger mit dem Feste als mit seiner Liebe beschäftigt sein wollte, täuschte aber die allgemeine Neugierde, indem er sich ganz einsam mit Cenrio und Adrian in einer bedeckten Gondel einschiffte, um unmittelbar am Hause der Frau Nietken, wo Cenrio ihnen Zimmer bestellt hatte, abzutreten. Unterweges nahm er zum erstenmal einigen willigen Unterricht in der Dialektik bei Adrian, dem es eine Freude war, als der Prinz den Schluß erfunden hatte: Alle junge Männer sind verliebt, Cajus ist ein junger Mann, also ist Cajus verliebt. Der genannte Cajus war aber unser Erzherzog selbst, der dabei heimlich mit Cenrio lachte. Der Erzherzog war in den bloßen Gedanken an die schöne Unbekannte, die er an dem Tage sehen sollte, so verliebt, daß es ihm wie eine Überfahrt auf dem langsamen Styx zu einem neuen Leben schien, wo alles freier, wunderbarer, lieblicher und schrecklicher ihm erscheinen sollte. Adrian dachte heimlich an das Buch des Petrus Lombardus, wovon ihm Cenrio erzählt, daß er es bei einer Trödlerin gesehen, Cenrio an die künftige Gunst, die seiner warte, wenn der Erzherzog zur Regierung gekommen.

In solchen Gedanken landeten sie im Hofe von Frau Nietken, die, ungeachtet sie von Cenrio wohl unterrichtet war, doch sich stellte, als kennte sie ihre hohen Gäste nicht, und es bedauerte, daß ein paar Familien aus Gent ihr Haus in Beschlag genommen hätten. Adrian fragte, ob sie nicht in der Bibliothek unterkommen könnten, aber Frau Nietken lachte, daß ihr der Kader schwoll, sie hätte nur ein paar alte, wurmstichige Schwarten, die lägen in einer Bodenkammer, wo sich knapp ein Mensch umdrehen könnte. Adrian ließ nicht nach, bis sie dahin geführt wurden; erst dort sagte er ihr, daß ihrem Hause die Gnade heut geworden sei, den Erzherzog zu beherbergen, die Familien aus Gent würden wohl aus Achtung gegen ihn ein paar Zimmer nach der Straße frei machen. Das dicke Weib schien beinahe in die Knie zu fallen aus Verwunderung und Demut, küßte die Zipfel der erzherzoglichen Feldbinde und eilte in das Zimmer der Frau von Braka, um ihr anzuzeigen, daß der Erzherzog gekommen, daß sie ihm die benachbarten Zimmer einräumen und die Türen offen lassen wolle.

Der Kleine war in der Zwischenzeit mit dem Bärnhäuter schon auf den Jubelplatz in der Mitte des Orts gegangen, um den Erzherzog zu erwarten, von dem er sich recht viel Ehre versprach. Zu seinem Leid mußte er dessen Abwesenheit von Edelknaben des Prinzen erfahren, die vor dem Rathause, dessen prachtvoller alter Bau mit großen Fenstern und Türmen der einzige Rest von der ehemaligen Größe des Ortes war, alle Reden der Gemeindevorsteher, die auf den Prinzen berechnet waren, abhörten. Er wollte gleich nach Hause, um die fehlgeschlagene Erwartung mit dem Prinzen seinen Frauen anzukündigen; aber ein paar Vertraute Cenrios, die ihn auch kannten, nahmen ihn beiseite und sprachen ihm vor, warum er sich jetzt keine ansehnliche Stelle unter dem neuerrichteten Fähnlein vom Prinzen erbitte, den er so gut kenne und der ihm so gewogen. Der Kleine wurde ganz heiß vor eitler Lust bei diesem erwünschten Vortrage, der seinen Lieblingsgedanken zutage förderte, er ließ sich wohlgefällig mit den beiden in ein Gespräch ein, und als sie ihn auf ein Glas Wein in ein nahgelegenes Haus nötigten, schickte er den treuen Bärnhäuter an seine Frauen mit der Nachricht zurück, daß sie den Erzherzog nicht unnütz erwarten möchten, er sei ausgeblieben, einige wichtige Geschäfte hielten ihn mit Edelleuten des Hofes zurück, nachher wollte er ihnen die Zeit vertreiben. Die Zeit verging dem Kleinen sehr schnell, denn außer den schmeichelnden Freunden und dem guten Weine wirkte auf ihn der Rausch einer unendlichen Volksmenge, die sich mit Leib und Seele diesen drei lustigen Tagen aufopfern wollte und deswegen auch nicht die kleinste Zeit in dem angefangenen Werke zu verlieren strebte. Welche Vorräte an Fleisch, Kuchen und Brot wurden da teils von den Ankommenden ausgepackt, teils aus den Wirtshäusern geholt; es war ein Frühstück, wie sonst ein erstes Mittagsbrot nach dem Fasten, und sicher wäre den Heißhungrigen mancher der ungeheuren Bissen im Halse stecken geblieben, wenn sie nicht eine künstliche Schleuseneinrichtung mit Wein und Bier gemacht hätten, wodurch alles glücklich an seinen Ort hinuntergeschwemmt wurde. Die Niederländer verstehen so etwas vortrefflich, und die Städter waren in dieser Zeit so übermächtig reich durch Handel und Wandel mit aller Welt, daß ihnen alles einländische, unmittelbare Landeserzeugnis fast unbedeutend wenig kostete. Einem Reichen war es eine Kleinigkeit, Tausende durch Wohltaten zu sättigen, darum gab es eigentlich keine Notleidende in den Städten und nur Bettler, die in dem müßigen Leben ihre Freude fanden. Aber auch diese entzogen sich zu solchen öffentlichen Festen ihren Lumpen und trieben als Schauspieler in Königstracht ihren Mutwillen vor der Welt, deren Mitleid sie sonst anflehten. Einige Fässer, die mit Brettern überlegt waren, dienten ihnen zum Theater, ein Platzknecht, ein langes, ausgestopftes Kissen an der Peitsche, hieb auf die Kinder, die in ihrer Neugierde an das Theater heranklettern wollten; zugleich hatte er eine Schellenkappe mit Eselsohren auf dem Kopfe, sprach als Narr im Stücke und mit den Zuschauern. Unser Kleiner war ganz entzückt von dem Schauspiele. Die Geschichte des Menschen, der, von seiner Frau in einen Hund verwandelt, soviel vergebliche Versuche macht, sich den Leuten als ein vernünftiger Mensch zu beweisen, zog ihn so an, daß er so nahe kletterte, bis ihm der Platzknecht einen derben Schlag über den Rücken zog. Unser Kleiner glaubte sich vor den Augen aller Welt grimmig beschimpft, er zog seinen Degen und ging gegen den Schalksnarren an, der sich sehr lächerlich mit seiner ausgestopften Wurst gegen ihn verteidigte; alles schrie vor Vergnügen. Viele, weil sie den Spaß zwischen dem kleinen und dem großen Manne für eine verabredete Posse hielten, munterten beide auf; die Kinder kletterten auf die Schultern der Erwachsenen, andre stiegen auf Tische und auf die eisernen Stangen zwischen den Bogen des Rathauses, auf die Bäume, woran sie wie seltsame Früchte hingen. Die beiden Edelleute sahen diesem Ritterzug ihres Schutzempfohlnen eine Zeitlang mit ungemeiner Freude zu, als er aber dem Narren ein kleines Loch in die Wade mit seinem Degen gestochen, da fürchteten sie für ihn, denn die Zuhörer waren mit dieser Störung gar nicht mehr zufrieden, und ein Bauer sprach schon davon, ihm Nase und Ohren abschneiden zu wollen. Sie griffen ihn deswegen, steckten ihn unter ihre Mäntel und trugen ihn, so heftig er sich sträuben mochte, in das erste beste Haus, was sich ihnen öffnete. Der Zufall wollte, daß es das Haus der guten Frau Nietken war, die wegen einer Zahl feiler Stadtjungfern, die ein paar Zimmer gemietet hatten, diese Türe stets offen lassen mußte, damit die Menschen so unbemerkt wie möglich einschlüpfen konnten. Welch eine Freude dieser Jungfern über die beiden schönen Edelleute und über den kleinen Zwerg, denn so nannten sie ihn, bis er grimmig auf sie einging und sich als einen jungen Offizier ihnen kund gab. Es gab tausend Spaß mit ihm, wir wollen ihn nicht wiederholen; aber der Mutwille der Edelleute, die Frechheit der Weiber und der Hochmut des Kleinen trieb sich wie Kreisel und Peitsche, und wurde der Kleine ungeduldig und wollte ausreißen, da schrien ein paar, als stände der Narr mit den Bauern noch vor der Türe und wollte ihm die Ohren abschneiden.

Wie benutzten diese Zeit die Verliebten? Der Erzherzog hatte kaum sein Zimmer betreten, so horchte er an der Türe und merkte, daß die beiden Frauen im Nebenzimmer wären; er bat Cenrio, ihm einen Bohrer zu verschaffen. Dieser holte in aller Eile den Anbrechbohrer eines Weinküpers, der im Hofe ein Ohmfaß abgezogen hatte: das ging vortrefflich; ganz leise konnte er durch die Türe dringen, bis der erste feine Punkt der Spitze hindurch sah, während sein Auge sich in die breite Höhlung einlegen konnte. Schade war's, daß die Mühe unnütz, denn die Türe war seinetwegen offen gelassen. Wie pochte sein Herz, und er wußte doch nichts davon, als er nun zum erstenmal hindurchblickte, und wie fuhr er zurück und fühlte sich an den Kopf, als ihm das verschönerte Bild desselben Geistes, der ihn damals im Landhause geneckt hatte, vorüberschwebte. „Cenrio“, sagte er, „Wir sind in den Händen von wunderbaren Geistern, wir glaubten mit ihnen zu spielen, und sie spielen mit uns; ich möchte fliehen, aber ich kann nicht, sie ist zu schön!“ – Cenrio war verwirrt. – „Es ist derselbe Geist, der mich schon damals im Anfange des Winters im Landhause verjagte, aber er ist menschlich gewachsen, und ich widerstehe ihm nicht mehr; schaff Rat, wie ich sie sprechen kann, ich könnte ihr jetzt alles sagen.“ – „Ich hab es wohl gedacht „, sprach

Cenrio, „zum Glück können wir frei schalten mit der Zeit; Adrian sitzt eben in der hitzigsten Arbeit, um zu beweisen, daß der von mir geschmiedete Anhang zum Lombardus nicht echt sei; zum Überfluß habe ich noch die Türe seines Vorzimmers zugeschlossen, so daß er uns nicht überraschen kann. Nun will ich Euch, mein Prinz, meinen Vorschlag sagen: das junge Mädchen leidet an Kopfweh, Ihr müßt den Arzt vorstellen, so seid Ihr allein bei ihr, und die Worte werden sich im Pulsfühlen schon finden.“ –

Wirklich war Bella durch die Vorbereitungen zur Fahrt, durch die schlaflose Nacht und die Hitze unwohl geworden, und Frau Nietken hatte eigentlich diese Erfindung gemacht, die beiden Sehnsüchtigen zusammen zu bringen. Der Erzherzog hatte sehr bald einen großen, schwarzen Doktormantel und darüber Aderlaßkram, Pflasterzeug und Klistierspritze gehängt, so trat er zagend in das Zimmer, von Frau Nietken geführt, die ihn für einen spanischen Doktor ausgab. Bella erkannte ihn beim ersten Blicke, und Neigung und Beschämung drückten sie ebenso nieder, wie Braka die Einwirkung der fürstlichen Gegenwart; jene verbarg ihr Angesicht im Schleier, diese schlüpfte mit einer tiefen Verbeugung in ein Nebenzimmer. Die beiden Liebenden waren nun allein, und alles konnte sich schnell und glücklich erklären und entscheiden; der Erzherzog, welcher aber mit keinem Mädchen vertraulich geworden, brachte kein andres Wort als Pulsfühlen heraus, „Pulsfühlen“ wiederholte er, „Pulsfühlen“ sagte er zum drittenmal. Bella reichte ihm den weißen, runden Arm, er fühlte an einer Fingerspitze, dann spielte er mit dieser, wollte wieder etwas sagen, wahrscheinlich von der Erscheinung in dem Landhause, brachte aber nichts heraus als: „Geist, Geist gesehen“; dabei schob er ihr einen Ring an den Finger, welches wir als den Triumph seiner Überlegung ansehen müssen. Hier endete sein ruhiges Glück, denn mit großem Gepolter brach der verfluchte kleine Wurzelmann, der sich bei den Mädchen bespitzt hatte und der Aufsicht der Offiziere entflohen war, ins Zimmer, sprach verwirrt von seinem künftigen Regiment und erkannte nicht Bella, die auf dem Sofa lag. Der Erzherzog bekam aber im Augenblicke seine ganze Fassung wieder, er bat ihn, daß er eine Kranke nicht stören möchte, insbesondre da sein Aussehen verriete, er werde nicht lange mehr zu den Lebendigen gehören. Der Kleine stutzte, die Edelleute traten herein und bestätigten ihm, er sei sehr verändert und müsse wohl von der Pest angesteckt sein, weil er sich heute unter so mancherlei Leuten umhergetrieben habe. Bei dieser Vermutung wurde er ganz hinfällig, die Kraft des Weines und seine Beine wollten ihn nicht mehr halten; der Erzherzog warf ihm geschickt ein großes Pflaster, das er in seinem Doktorapparate fand, über das Gesicht; der Kleine behauptete, ihm werde ganz dunkel vor den Augen. Die Edelleute versprachen ihm in geheucheltem Mitleiden, ihn nach Hause zu tragen, denn bis jetzt hatte er weder das Zimmer noch seine Geliebte erkannt, und schleppten ihn wirklich aus dem Zimmer. – Braka war in der Zeit auf der Folter gespannt gewesen. Die Liebe des Erzherzogs hatte sich noch nicht erklärt und seine Freigebigkeit war nicht so weltkundig, im Gegenteil hatte sie von Frau Nietken erfahren, daß er etwas im Rufe der Knauserei stehe; der Alraun dagegen konnte so viel Schätze entdecken, als irgend in der Welt verborgen wären, er kümmerte sich durchaus nicht, wie das Geld verwendet würde, solange es ihm selbst nicht fehlte. Störten die beiden Liebhaber einander gegenseitig, so entgingen ihr vielleicht alle Hoffnungen für die Bequemlichkeit ihres künftigen Lebens, und die großen Absichten für ihr Volk wurden auch nicht erfüllt. Der Erzherzog war jetzt wieder allein mit Bella, er hatte mehr Mut gewonnen, sie aber war besorgt und erzürnt, wie es ihrem Kleinen gehen möchte; sie äußerte das, und er nahm es nicht ohne eine kleine Eifersucht auf. Er fragte mit einem gewissen Stolze, ob es ihr Bräutigam wirklich sei, und verlor in Erwartung ihrer zögernden Antwort so gänzlich alle Haltung, daß er seine vergebliche Doktorrolle aufgab und sich ihr als Erzherzog darstellte. Sie konnte sich zu wenig verstellen, um sich darüber zu verwundern, und so waren sie miteinander in einem Vertrauen, ehe sie einander etwas vertraut hatten. Endlich sagte Bella, daß die Vermählung mit ihrem Vetter nur ihrer Mutter, nicht ihr Wille sei. Der Erzherzog beschwor sie jetzt, dem Willen ihrer Mutter nicht so gänzlich nachzugeben, daß sie Lebensglück und Schönheit der Trauer einer unglücklichen Verbindung hingebe; von seiner Liebe schwieg er. Bella stotterte, wie es ihr vorgeschrieben war, daß ihr Vermögen ganz in der Gewalt dieses reichen Vetters sei, daß sie dem Wunsche ihrer Verwandten sich ergeben müsse, insbesondre da sie niemand in der Welt kenne, der sie gegen den Zwang derselben schützen möchte. Der Erzherzog versicherte ihr jetzt, daß jede Kränkung, die sie erfahren würde, unerbittlich von ihm bestraft und gerächt werden sollte. Diese Worte führten eine Liebeserklärung herbei, die nicht nur die beiden Verklärten, sondern auch die horchende Braka von einer schweren Last befreite. Wie schwer fiel es aber plötzlich auf das Herz der Alten, als Bella, die von der Liebe zum Erzherzog durchdrungen, jede Falschheit verfluchte, ihm zu Füßen fiel und ihn bei seiner Liebe beschwor, sie nicht zu verachten, wenn sie ihn betrogen, sie sei nicht, wofür sie sich ausgegeben, die Tochter ihrer Begleiterin, sie sei die Tochter – hier erstickte die Stimme in einem Tränenstrom. Einer der Edelleute, die den Kleinen begleitet hatten, trat herein und meldete dem Erzherzog, er möchte sich in sein Zimmer zurückziehen, der Kleine lasse sich nicht mehr halten; sie führten ihn durch Umwege in dasselbe Haus zurück, woraus sie ihn fortgeführt, er halte sich für todkrank. Der Erzherzog sprang fort, entrüstet, in seiner ersten Neigung betrogen zu sein. Bella ging in das Nebenzimmer, weil es in ihrem Gemüte noch von den Blättern nachregnete, nachdem der erste Gewitterschauer verzogen.

Der Kleine ließ sich die Treppe vom Bärnhäuter hinauftragen, der ängstlich nach der gnädigen Frau rief, weil er das Ende seines guten Dienstes fürchtete. Als Braka kam, rief der Kleine ihr mit schwacher Stimme entgegen, er sei von der Pest so schwach, daß er auf seinen Füßen nicht mehr zu stehen vermöge, alles gehe mit ihm herum, er sehe gar nichts mehr, und seinen Gedanken hinke er mit der Zunge so weit nach, daß er es fast aus den Augen verloren, was er eben sagen wolle. Braka stellte sich sehr mitleidig und erschrocken; Bella hatte bei seiner sichtbaren Blässe einiges Bedauern. – „Ach“, seufzte der Kleine, „wenn ich nur den Doktor festgehalten hätte, der mir die Pest gleich angesehen, vielleicht weiß er auch ein Mittel dagegen.“ – „O“, sprach Braka, „die Pest habe ich oft schon kuriert, ich lege ein Kraut in lauwarmes Wasser, und davon trinkst du alle fünf Minuten eine Tasse, so wird alles glücklich vorübergehen." – „Schnell, schnell", sprach er und versank in einen dumpfen Rausch, währenddessen ihn der Bärnhäuter auszog und auf den Sofa legte, mit Decken wohl verhüllt. Braka flößte ihm von Zeit zu Zeit eine Tasse heißes Fenchelwasser ein, wie die kleinen Kinder zu bekommen pflegen. Entsetzliche Übelkeiten erweckten ihn, endlich erleichterte sich die Natur von dem Überflusse des Weines, womit die Ehre des Zutrinkens sie überfüllt hatte; schluchzend und stöhnend sprach er: „Wo mag der Doktor jetzt sein, den ich im anderen Hause sah, wäre der Mann nur zu finden, er könnte mir wohl noch helfen, ich habe so ein Zutrauen zu ihm, da er mir die Krankheit gleich angesehen; macht doch die Türe auf", fuhr er fort, „es wird hier so heiß." – „Die Türe ist verschlossen", sagte Bella, „der Erzherzog ist dort eingezogen." – „Der Erzherzog!" Bei diesem Worte sprang der Kleine, wie er war, aus dem Bette, konnte sich aber taumelnd nicht halten, sondern sank in das Waschbecken. – „Der Erzherzog ist hier, und ich kann ihn nicht um meine Hauptmannsstelle ansprechen, ich versäume mein ganzes Glück, wenn ich sterbe." – Der Bärnhäuter rollte ihn wieder ins Bette, aber der Kleine weinte bitterlich und jammerte nach dem Arzte, den er unterwegs gesehen. Braka entschloß sich endlich, indem sie ihm versprach, alle Sorgfalt anzuwenden, den Mann zu entdecken, zu Frau Nietken zu gehen und durch diese den Prinzen noch einmal als Arzt kommen zu lassen. Der Erzherzog zog aber sein Messer gegen diese Frau und befahl ihr mit drohender Stimme, ihm zu sagen, was sie von den Fremden wüßte, die vielleicht von einem Feinde seines Hauses zu seinem Verderben gesendet wären. Frau Nietken ließ ohne Rückhalt alle Geheimnisse von sich gehen; sie sagte, daß Braka eine alte Zigeunerin sei, die sie lange gekannt, daß diese in einer Nacht mit der schönen Bella und dem Kleinen zu ihr gekommen und sich nach Gent habe fahren lassen, wo sie bekanntlich viel Geld ausgegeben. Ihr Kind sei Bella gewiß nicht, dafür wolle sie stehen, ob aber das Mädchen aus einem hohen Hause, dafür wolle sie nicht einstehen, doch sei es so ihre Philosophie. Geraubt sei das Mädchen aber nicht, denn sie habe mit der Alten zugleich befehlend und doch mit Liebe gesprochen, unter sich in einer fremden Sprache, die sie für französisch gehalten. – Dies verwandelte die ganze Ansicht des Prinzen, erst glaubte er sich in der Falle einer Buhlerin, jetzt meinte er ernstlich, daß es die französische Prinzeß sein könnte, deren Heirat mit ihm von dem französischen Hofe gegen den Willen seines Großvaters betrieben wurde. Es ist bekannt, daß sein späteres politisches Talent in seinen früheren Jahren, die sich ganz zur körperlichen Ausbildung hinneigten, wenig durchschien, er hielt so manches für möglich, was ein andrer bezweifelt hätte, und Cenrio war eben mit Adrian zu beschäftigt, um ihm zu raten, er nahm also die Bitte, als Arzt wieder zu erscheinen, mit einer gewissen Ehrfurcht an, welche die zitternde Frau Nietken sehr überraschte.

Er machte sich jetzt durch einige Züge mit Kohle in den Augenbrauen und vor der Stirn unkenntlicher und ließ sich in das Krankenzimmer führen. Der Kleine war entzückt, ihn zu hören; der Erzherzog befragte ihn sehr ernstlich nach allen Kennzeichen. Der Kleine erzählte von dem wüsten Kopfschmerz, von der Übligkeit, vom Aufstoßen, von der gänzlichen Dunkelheit seiner Augen und wie er über sein ganzes Gesicht einen Ausschlag spüre (seine Augen im Nacken hervorzubringen schämte er sich vor den Leuten, auch hatte er sich ihrer in der guten Gesellschaft längst entwöhnt; endlich sagte er, daß er sein ganzes Glück versäume, wenn er nicht bald hergestellt wäre, weil der Erzherzog im Nebenzimmer seinetwegen angekommen sei und die Stellen im neuen Fähnlein wahrscheinlich in diesen Tagen vergebe: – „Ach, lieber Herr Doktor", rief er in seiner militärischen Begeisterung, „wenn ich so wegstürbe, hätte mich die Welt nie in dem Glanze und der Herrlichkeit gekannt, wozu meine Abstammung und mein Mut mich berechtigen; oft kommt es mir vor, als wenn böse Zauberer der wahren Verwandlung meines Lebens entgegenstreben." – Der Erzherzog hörte ihn geduldig an und konnte sich das alles wiederum nicht mit der fremden Prinzessin reimen, es sei denn, daß er ein von der alten Fee verzauberter Prinz sei, wie damals die Geschichten in spanischen Romanen häufig umliefen. Dieser Gedanke, zusammengehalten mit der Erscheinung im Landhause, setzte ihn in ein gewisses Staunen, was ihn leicht hätte verraten können, wenn der Kleine nicht allzu berauscht gewesen wäre und seine ahndenden Augen hätte brauchen dürfen. Endlich faßte doch der Erzherzog einen Entschluß, sagte ihm, das Mittel der gnädigen Frau sei wohlerdacht, er müsse sich jetzt ganz mit Decken überspannen und einwickeln lassen, um in einer recht gewaltsamen Dünstung den Kern des Übels auszutreiben. Vergebens seufzte der Kleine, er erschrecke vor sich selbst, als wenn er einen glühenden Ofen anfasse; Braka warf ihm mit beredter Zunge eine Decke nach der andern über, band sie zusammen und entfernte sich mit dem treuen Bärnhäuter unter dem Vorwande, als ob sie dem Kleinen etwas zu seiner Erfrischung schaffen wolle. Der Erzherzog war jetzt wieder mit Bella allein, doch mußten sie aus Rücksicht gegen den eingepackten Kranken jedes laute Wort vermeiden; auch war Bella noch sehr beschämt, als der Erzherzog sich auf ein Knie niederließ und zu ihr sprach: „In welchem schönen Bekenntnisse sind Sie gestört worden, Angebetete, ich ahnde, Sie sind eines edlen Fürsten Tochter, ich ahnde alles, was Sie mir zu sagen haben, aber ich wünschte die Gewißheit aus Ihrem Munde, die Gewißheit Ihrer Liebe, die allen Glanz Ihres Standes aufgegeben hat, um dem verhaßten Zwange der Politik zu entgehen. Nichts soll uns scheiden, ich kenne meine Niederländer, sie kennen ihre Freiheiten und werden auch meine Freiheit schützen, und selbst wenn die Gewalt über uns siegte, trägt uns das Meer zu einer neuentdeckten reicheren Welt!“ – Wer könnte es Bella verdenken, die von aller Politik Europas nichts wußte, als daß der Fürst ihr Vater in derselben nicht geachtet, sondern verfolgt worden, daß sie bestimmt glaubte, der Erzherzog habe ihre Abstammung erfahren und erwähle sie zu seiner Gattin. Sie stand mit gerührtem Blicke vor ihm, blickte auf und nieder und sprach dann gebrochen: sie habe sich nur einmal verstellen können und nimmermehr wieder, sie leugne nicht ihre Abkunft, sie leugne nicht ihre Zärtlichkeit, die er schon früher in ihrem heimlichen Aufenthalte in ihr erweckt, die sein Anblick ihr bestätigt habe. – Sie senkte ihr holdes Angesicht, der Erzherzog wollte eben den Rand ihrer Lippen berühren, als der Kleine unter den Decken Bewegungen machte, entsetzlich über den Magen klagte und zuschwor, er müßte ersticken, ehe er kuriert sei. Der glücklich Liebende duldet keinen Leidenden, der Erzherzog sprang hinzu und öffnete das Gebinde, es dampfte, als wenn man die Serviette öffnet, worin ein Pudding gekocht worden; der Erzherzog sah ihn an, schob das

Pflaster leicht von dem triefenden Gesichte und versicherte, er sei schon kuriert; er eile jetzt, um ihm noch ein paar stärkende Mittel zu senden, er möchte sich inzwischen ruhig halten.

So eilte er fort, und der Kleine, dem allmählich der Rausch verflogen, der wieder um sich sehen konnte, lag auf dem Bette mit dem seligen Gefühle eines vom Tode Erretteten, der sein Leben sehr lieb hat; er nahm Bellas Hand, drückte sie und sprach, daß ihm der Gedanke des Todes darum lästig gewesen sei, weil er sie hätte verlassen müssen. Er schien so sanft und zärtlich, daß Bellas alte, gleichsam mütterliche Zuneigung zu ihm nicht erlaubte, ihn zum Vertrauten ihrer neuen Liebe und ihres neuen Glücks zu machen. Er küßte sie, wie er gewohnt war, und der Erzherzog, der wieder an seiner Türwarte, an dem künstlich gebohrten Loche, lauerte, ergrimmte, weil er sich von neuem verraten glaubte, doppelt verraten, weil er in seiner Leichtgläubigkeit gegen Bella unverzeihlich kindisch und gutmütig sich erschien. Der Kleine versuchte sich jetzt auf seinen Beinen, und er konnte wieder gehen und stehen, ordnete seine Kleider und sagte Bella, sie möchte jetzt recht artig sein, er werde den Erzherzog zu ihr führen, und wenn dieser in recht heitrer Stimmung schiene, sollte sie um die Hauptmannsstelle für ihn anhalten, sie möchte aber recht schmeicheln, das Glück seines Lebens hänge daran; auch wolle er sie dann sicher heiraten. Sie schwieg verlegen. Er vergaß über seine kriegerischen Aussichten so ganz alle Krankheitsfurcht und alles Übelbefinden vom Trunk, daß er wie vor tausend Mann in dem Zimmer auf- und niederstolzierte und Braka zur Tür hinaustrieb, als diese mit ihrem heißen Wasser ihm in die Quere kam. So sind die meisten kleinen Leute, das Herz ist ihnen so nahe am Kopf, daß es in den Kopf überkocht oder überdampft.

Unser Wurzelmännlein konnte sich nicht mehr halten, er bürstete sich bald rechts, bald links; gleich wollte er dem Erzherzoge seine Aufwartung machen und fiel diesem, der in einem Anfalle der heftigsten Eifersucht Tag und Stunde verfluchte, ins Zimmer. Kaum hatte er sein Anliegen vorgebracht, so überhäufte ihn der Erzherzog mit Schimpfreden, nannte ihn einen lächerlichen, kleinen Wurzelburzius, einen Dukatenmacher, ein Alraunchen, daß der Kleine in die größte Verwunderung geriet, wie er diese seine Entstehung erfahren habe, und sich eilig davon machte, indem er verlegen ausrief: „Gnädiger Herr, woher wissen Sie das?“

Als er zurückgekommen, sagte er nichts von diesem Empfange, nur sah es ihm Braka an seinem ganzen Wesen an, daß er gedemütigt worden. Er sprach nur, daß er den Erzherzog nicht getroffen, daß er sich bald fort von dem Orte wünsche, wo ihm in jetziger Pestzeit jeden Augenblick eine neue Gefahr drohe; zugleich erkundigte er sich, ob der Arzt nichts gesendet. Braka, um ihren Aufenthalt zu sichern, ging selbst über die Straße in den Laden eines reisenden jüdischen Doktors, kaufte die stärksten Tropfen, welche manchen Sterbenden schon belebt hatten, und brachte sie dem Kleinen als etwas, das der belobte Arzt im Hause abgegeben. Kaum hatte der Kleine diese Höllentropfen eingenommen, so kam ihm der alte Mut wieder zurück. Er hätte rasend werden mögen, daß er dem Erzherzoge nicht derb geantwortet hatte; ihm fiel so viel Beißendes ein, daß er, bloß um es ihm oder einem seines Gefolges aufzuhängen, sich leicht bereden ließ, den Tag noch im Orte zuzubringen.

Es war jetzt die Zeit des höchsten Tumultes herangerückt. Die Rennen auf umgesattelten Pferden, wo der Reiter einer Gans, um sie zu gewinnen, den Faden, der sie an einem Seile aufgehängt hält, mit der Schere abschneiden muß, hatten angefangen; das Wiehern der Pferde, das Lachen der Menge über die getäuschte Zuversicht, die sich im Sande erniedrigt fand, rief alles herbei; auch unser Wurzelmännlein führte seine Damen zu diesem Schauspiele. Kaum war er dort, so verlor er aus Eifer die beiden Frauen fast ganz aus dem Gesicht, so daß Braka ihre Pflegetochter etwas überhören konnte. Bella erzählte ihr, daß der Erzherzog sie heiraten wolle; Braka sagte, das hätte seine schlimme Seite, sie könnte darüber ins Zuchthaus kommen, aber sie möchte ihm nur dreist und ohne Umschweife zu verstehen geben, daß sie ein Kind von ihm haben möchte, daß dies ihres Volkes Glück sei, so würde sich alles von selbst ohne weitere Einsegnung finden. Bella versprach, nach ihrer Vorschrift ihm alles zu sagen, wenn die Gelegenheit käme. Diese wurde aber durch den Zorn des Erzherzogs auf eine wunderliche Art herbeigeführt. Er hatte seine rasende

Eifersucht ohne alle Zögerung seinem Freunde Cenrio verraten, dem sogleich ein trefflicher Einfall gekommen war. Er hatte bei einem Guckkasten einen gelehrten Juden aus Polen wiedergefunden, der ihm schon früher durch seine Kunst, Golems zu machen, manche Ergötzlichkeit verschafft hatte. Diese Golems sind Figuren aus Ton nach dem Ebenbilde eines Menschen abgedruckt, über welche das geheimnisreiche und wunderkräftige Schemhamphoras gesprochen worden, auf dessen Stirn das Wort Aemaeth, Wahrheit, geschrieben, wodurch sie lebendig werden und zu allen Geschäften zu gebrauchen wären, wenn sie nicht so schnell wüchsen, daß sie bald stärker als ihre Schöpfer sind. Solange man aber ihre Stirn erreichen kann, ist es leicht, sie zu töten, es braucht nur das Ae vor der Stirne ausgestrichen zu werden, so bleibt bloß das letztere Maeth stehen, welches Tod bezeichnet, und im Augenblicke fallen sie wie eine trockene Tonerde zusammen. – Der alte Jude wurde herbeigeholt, der Erzherzog verlangte ein solches Bild der schönen Bella und er wolle ihn fürstlich lohnen. Der Jude warnte ihn, er möchte sich mit solchem Bilde nicht abgeben, in seinem Vaterlande sei manches Unglück damit geschehen: einem Vetter sei der Golem, den er zu häuslichen Diensten gebraucht, so hoch gewachsen, daß er ihm nicht mehr an die Stirn habe langen können, um das Ae auszulöschen; da habe er befohlen, er sollte ihm die Stiefeln ausziehen, und während sich der Golem danach gebückt, habe er ihm listig das Ae von der Stirne gewischt, aber die ganze Last der Erde sei auf den armen Vetter gefallen, und er sei davon erdrückt worden. Der Erzherzog schwor, daß ein solcher Unfall dem nicht schade, dem er ihn bereiten solle, doch eine neue Schwierigkeit sei zu überwinden, wie das Bild der schönen Bella ähnlich zu machen sei. Der Jude verlangte, sie nur einmal in seinen Kunstspiegel einsehen zu lassen, so bleibe ihr Bild darin festgemalt. Der Kunstspiegel steckte in einem Guckkasten, und die ganze Kunst war, Bella zu demselben hinzulocken. Cenrio, der den Wurzelmann kannte, übernahm diese Besorgung, ihn und seine Schöne zu dem Guckkasten zu führen, während der Erzherzog verkleidet hinter dem Guckkasten versteckt war; alle eilten an ihren Posten. Cenrio traf den Kleinen noch bei dem Pferderennen; er sagte ihm heimlich ins Ohr, er solle sich den Zorn des Prinzen nicht zu

Herzen nehmen, ein geheimer Feind von ihm habe dem Prinzen eine verhaßte Erzählung von seinem Betragen gegen die Schauspieler gemacht; doch sei dieser Eindruck noch zu überwinden, wenn er behaupte, daß er einmal von einem tollen Hunde gebissen sei. Der Kleine wurde froh und nötigte ihn, bei der Gesellschaft zu bleiben, indem er ihm seine Braut vorstellte. Cenrio sagte ihr manches Artige und bat sie, doch ja einem Guckkasten nicht vorbeizugehen, der eine Welt im Kleinen, alle Städte, Völker in bunten Bildern zeigte. Sie gingen dahin, Bella sah zuerst hinein, ungeachtet der neugierige Kleine nur mit Mißgunst diese Artigkeit erlaubt hatte; sie war überrascht von aller Herrlichkeit und hätte gern die ganze Vorstellungsreihe noch einmal übersehen, wenn nicht des Kleinen Ungeduld sie von dem Glase zurückgerissen hätte. Er war ganz außer sich über alles, was er erblickte: in jeder Stadt dachte er sich als Fürst; sah er fremde Soldaten, so prüfte er sich, wie er als Heerführer in der Tracht sich ausnehmen würde.

In dieser Zeit hatte sich der Erzherzog leise in ein Gespräch mit Bella eingelassen. Er warf ihr die schändliche Falschheit vor, mit der sie ihm Liebe geheuchelt, um dem kleinen Bräutigam eine Hauptmannsstelle zu verschaffen. Bella brach in Tränen aus und schwor ihm, es sei alles anders, ihre Liebe zu ihm sei ungeheuchelt, ja, es sei ihr edelster Wunsch, von ihm ein Kind zu haben, das ihrem Volke Glanz und Freiheit gebe. Diese Freimütigkeit setzte den Erzherzog in einige Verlegenheit (sie war tiefinnerlich unschuldig, er aber war nur unschuldig aus Stolz); er schwor stammelnd, daß er alles Mögliche tun wolle, ihren Wunsch zu erfüllen, der auch seinem politischen Verhältnisse angemessen sei. – Unter solchen Versicherungen führte er sie, ohne daß es der Kleine merkte, während Braka ihnen Zeichen zum Abzuge gab, ungestört von dannen.

Der Kleine hatte diese Welt im kleinen schon zweimal angesehen, und sie gefiel ihm viel besser als die wirkliche, während der Jude unter allerlei Gesprächen mit Cenrio das Ebenbild der feldflüchtigen Bella bearbeitete. Cenrio bat den Juden, ihm doch nur eine Möglichkeit anzugeben, wie solch ein Bild belebt werden könne. – Der Jude sprach: „Herr, warum hat Gott die Menschen erschaffen, als alles übrige fertig war? Offenbar, weil das in ihrer Natur lag, als diese von Gott sich losgedacht hatte. Liegt das in ihrer Natur, so bleibt's auch in ihrer Natur, und der Mensch, der ein Ebenbild Gottes ist, kann etwas Ähnliches hervorbringen, wenn er nur die rechten Worte weiß, die Gott dabei gebraucht hat. Wenn es noch ein Paradies gäbe, so könnten wir so viel Menschen machen, als Erdenklöße darin liegen; da wir aber ausgetrieben aus dem Paradies, so werden unsre Menschen um so viel schlechter, als dieses Landes Leimen sich zum Leimen des Paradieses verhält!" – Als er das gesprochen, hatte der alte Jude sein Werk beendigt, er hauchte die Bildsäule an, schrieb das Wort auf ihre Stirn, das sich unter Haarlocken versteckte, und eine zweite Bella stand vor beiden, die alles durch jenen Spiegel wußte, was Bella bis dahin erfahren, die aber nichts Eignes wollte, als was in des jüdischen Schöpfers Gedanken gelegen, nämlich Hochmut, Wollust und Geiz, drei plumpe Verkörperungen geistiger, herrlicher Richtungen, wie alle Laster; daß diese hier ohne die geistige Richtung in ihr sich zeigten, das unterschied sie selbst vom Juden, überhaupt aber von allen Menschen, die sie übrigens so wunderbar täuschen konnte, wie jenes alte Bild von Früchten alle Vögel, daß sie an die Leinewand flogen und davon zu naschen suchten. So naschten auch Cenrio und der alte Jude an dem Bilde, jeder gab ihr einen Kuß, ehe sie dieselbe an den Arm des Kleinen hingen, der endlich sich satt gesehen hatte und mit seiner Bella durch die übrige Lust des Abendgewühls, wo jetzt schon manches Messer unter den trunkenen Bauern gezogen wurde, sich nach Hause zurückzog. Braka war des Austausches der beiden Gestalten so wenig inne geworden wie der Kleine. Sie speisten alle drei in einer gewissen Stummheit miteinander, die nach den geräuschvollen Abwechselungen eines so wunderlichen Tages sehr natürlich war. Als sie abgesessen hatten, kam der Bärnhäuter mit einem halbzerkratzten Gesicht ins Zimmer und sprach: „So hat mich das verfluchte Weib, die Frau Nietken, zugerichtet, die in ihrer Trunkenheit ein Auge auf mich geworfen hatte und mich nicht loslassen wollte, da ich doch so dringende Neuigkeiten mitzuteilen habe. Sie hat mir verraten, daß der Erzherzog einen Anschlag auf unser Fräulein vorhaben müsse, weil er sich so heftig nach ihr erkundigt habe." – Golem Bella, die nur bis zu dem Punkte etwas von der wirklichen Bella wußte, wo sie in den

Spiegel gesehen, rief ganz laut: „Wie lieb ist mir das, da werde ich ein Kind bekommen, das mein Volk frei machen wird!“ – Braka erschrak über diese laute Vertraulichkeit, und der Kleine sprang wie ein Rasender auf: „Also, du weißt davon, Bella, liebst ihn?“ – „Freilich“, antwortete Golem Bella. – Der Kleine riß sich die Hirsenhaare aus und erstickte fast in gekränkter Eitelkeit, endlich brach sein Jammer, nach der Vorschrift seines rhetorischen Lehrers bearbeitet, in folgenden Worten aus: „Warum hast du mich zum Menschenleben aus dem sichern Schoße meiner Vorwelt durch höllische Künste herausgerissen? Ohne Falsch bestrahlten mich Sonne und Mond; ruhig sinnend stand ich da am Tage und faltete abends meine Blätter zum Gebete; ich sah nichts Böses, denn ich hatte keine Augen, ich hörte nichts Böses, denn ich hatte keine Ohren, aber die Anlage zu allem, die ich in mir fühlte, machte mich so sicher und reich. Meine Augen werde ich mir ausweinen und werde sie vermissen, mein Leben werde ich aufgeben und werde es ewig suchen, aber dieses Suchen soll deine Qual sein; wenn du mich fern von dir glaubst, werde ich bei dir sein. Du kannst mich nicht zerstören, wie du mich leichtsinnig spielend geschaffen hast; ich bleibe bei dir, werde die Wünsche deiner Habsucht nach Geld befriedigen, werde dir Schätze bringen, soviel du verlangst, aber es wird dein Verderben sein. Du wirst mich von dir werfen, mich vernichten wollen, aber doch bleibe ich bei dir, dir bin ich gebannt, bis eine andre mit noch größerem Verrat, als du gegen mich verübt, mich an sich kauft. Wehe allen kommenden Geschlechtern! Du brachtest mich zur Teufelei in die Welt, von der ich mich bis zum jüngsten Tage nicht frei machen kann!“ – Golem Bella sprach ihm ganz in der Gesinnung der echten Bella von ihrer Zärtlichkeit vor, die sie trotz aller Liebe zum Erzherzoge für ihn hegte. Der Kleine sah sie verwundert an und sprach: „Du könntest mich wieder belügen, Bella; wer weiß, was diese Nacht mit dem Erzherzog verabredet ist. Gib mir ein Zeichen der Aufrichtigkeit. Der Mond scheint helle, wir fahren in der herrlichsten Kühlung bis zum nächsten Morgen nach einem Dorfe, wo wir in aller Stille getraut werden können, so kehren wir verbunden nach Gent zurück, um es bald auf immer zu verlassen, daß der glattzüngige Erzherzog uns nicht mehr versuchen kann. Wir reisen nach Paris, und ich erbiete meinen kriegerischen Mut dem Könige von Frankreich, der tapfere Männer, wenn sie auch klein von Gestalt sind, doch zu schätzen weiß.“ – Golem Bella schwieg still, sie hatte keinen Willen und keine Redensart auf diesen Fall. Der Kleine legte sich das zu seinen Gunsten aus, und als Braka noch etwas dazwischen reden wollte, zog er seinen Degen und schwor, ihn mit ihrem Blute zu färben, wenn sie sich seinem Glücke widersetzte. Braka schüttelte sich vor Schrecken; sie konnte keinen Bissen essen. Der Kleine befahl dem Bärnhäuter, zusammenzupacken und einen Fuhrmann, es koste was es wolle, anzuschaffen, der sie nach dem nächsten Pfarrdorfe führe, da in Buik, wegen der Nachtmessen, wohl kein Pfarrer zu einer Trauung bereit sein möchte. Der Bärnhäuter betrieb alles, aus Furcht vor der trunkenen Wirtin, mit dem größten Eifer und mit der lobenswertesten Verschwiegenheit. Der Wagen stand vor der Türe, alle saßen darin, ehe Frau Nietken etwas merkte. Ihrem widersinnigen Geschrei zu entgehen, wurde ihr das Dreifache, was sie fordern konnte, zugeworfen; und die sonderbare Gesellschaft, eine alte Hexe, ein Toter, der sich lebendig stellen mußte, eine Schöne aus Tonerde und ein junger Mann, aus einer Wurzel geschnitten, saßen in feierlicher Eintracht, hegten große Gedanken vom Glück des Lebens, das sie eben zu begründen fuhren, von Schätzen, Heldentaten und Biergeldern, auf die der Bärnhäuter bei dieser Festlichkeit ungemein rechnete. Wie vergebens quält uns das Verhältnis zu manchen Menschen; könnten wir uns einbilden, er sei ein Toter, eine Erdscholle, eine Wurzel, unser Kummer und unser Zorn müßte verschwinden, wie aller Gram über unsre Zeit, wenn wir nur endlich gewiß wüßten, daß wir bloß träumten.

Wenn es sich in stürmender Nacht zuweilen in Blumenbeeten ereignet, daß ein paar getrennte Blumenkelche zusammengebeugt werden und sich nicht erkennen, bis der Mond wieder hervortritt, so ist die Freude stumm, die Grillen singen aber davon die lange Nacht bis zum Morgen, wo die Vögel sie ablösen. Der Erzherzog wollte sich rächen wegen des Verrats an seiner Liebe, das machte ihn gegen jede Sorglichkeit Bellas taub, die nicht wußte, was mit ihr vorgehe, als er sie heimlich auf sein Zimmer in sein Bette gebracht. Beide waren eingeschlafen, als der Gesang: *De profundis clamavi ad te, Domine: Domine, exaudi vocem meam* in der Kirche, die nicht fern lag, sie erweckte: ein Gesang, in den die Haufen auf den Straßen, die darin nicht mehr Platz finden konnten, einstimmten. Es war eine helle Sommernacht, und beide eilten ans Fenster. Bella erwachte erst jetzt aus ihrem Taumel: „Heiliger Gott, ist es schon so tief in der Nacht, wie soll ich in mein Bette kommen, wo bin ich, was ist mir geschehen, was soll aus mir werden?“ – Der Erzherzog hatte sie zu lieb gewonnen, seine Freude war ihm zu neu, um sie durch eine Erinnerung an ihre Falschheit zu kränken: „Du sollst nun auf immer bei mir bleiben, wir verlassen uns nicht, wie Leib und Seele!“ – „Ist es wahr?“ fragte Bella treuherzig, „da bin ich sehr glücklich!“ – Der Erzherzog verwunderte sich: „Aber deine Heirat mit Cornelius, willst du die aufgeben?“ – „Bin ich nicht dein?“ fragte sie, „soll ich nicht ein Kind von dir haben, das mein Volk zur Heimat führt?“ – „Welchem Volke gehörst du, liebes Mädchen?“ fragte der Erzherzog, „betrüge mich nicht; fürstlich muß ich dich nennen, aber ich möchte wissen, ob das Schicksal dir gerecht war und dich einem Fürstenstamme einsegnete?“ – „Mein Vater war Fürst Michael von Ägypten“, sagte Bella gerührt, „ich bin der letzte Zweig des alten Geschlechtes, das sich bei allen Umwälzungen oft siegreich, oft fliehend, doch in steter Unabhängigkeit erhalten hat, so sagte der Vater. Ich bin das letzte Kind aus meinem Stamme; mein Vater starb in den Verfolgungen, die über unser Volk ausbrachen; eine alte Wahrsagung bestimmt, daß ein Kind von mir und einem Weltbeherrscher die letzten Unglücksscharen unserer verfolgten Untertanen zum segensreichen Nil würde führen.“ – „Ich traue deinen Worten ganz“, sprach Karl, „doch sage an, wie war es möglich, da dich so großer Sinn trug, dich gegen mich mit deinem kleinen Freunde zu verbinden? Wie konntest du dich mir hingeben wollen, ihm eine Anstellung zu schaffen? Nun ich dich hier so schön und heilig sehe vor mir stehen in dem Mondenscheine, da möcht' ich meine Ohren Lügen strafen; doch hörte ich es, als ich nach deiner Schönheit durch die Türe lauschte, und wollte im Genuß mich an dir rächen; doch hat mich diese Lust bezwungen, und ich bekenne dir jetzt meine Wut!“ – Bella verstand ihn nicht, er schien ihr lauter Güte. Sie lachte seines Argwohns und erzählte ihm so natürlich alles, wie sie durch Braka zu einer

Nachgiebigkeit gegen die wunderlichen Launen des Kleinen beredet worden sei; zugleich vertraute sie ihm unter dem Versprechen der Verschwiegenheit dessen geheimnisvolle Entstehung. Der Erzherzog, aus der gewohnten folgerechten Natürlichkeit in alle Wunder der Lust und der geheimen Kräfte in einer Nacht hineingerissen, versank in ein tiefes, ernstes Nachdenken; er stand innerlich, wie ein Stern hinaufgerissen, über der Welt, mit der er bis dahin fortvegetiert hatte; was er künftig täte und spräche, alles schien ihm bedeutsam. Er hatte ein reiches Geheimnis, das er sich bewahren wollte und dessen er selbst seinen Cenrio nicht würdig achtete: wie er seine Liebe fortführen sollte, beschäftigte ihn mit stillem Ernste. – „Bist du nicht glücklich wie ich?“ fragte Bella –, „alles ist mir so merkwürdig, und wie alles hat so kommen müssen. Denn wie ich mit dir gegangen, ahndete ich von allem dem nichts; und sieh, wie die Spinnweben am Baum im Mondschein sichtbar glänzen, während ich das Tauwerk des Schiffes dort im Dunkel nicht unterscheiden kann: so fühle ich höhere Wege und ahnde doch nichts, was mir in den nächsten Tagen bevorsteht. Der Kleine ist böse, merkt er, daß ich mich ganz zu dir wandte, von ihm kommt unser Reichtum, er wird uns alles versagen, kannst du mich dann ernähren?“ – Der Erzherzog ließ eine Träne fallen: „Ach, liebes Kind, durch die Härte meiner Eltern bin ich sehr beschränkt; für die törichte Lust an Pferden habe ich mich tief verschuldet, meine Lehrer dürfen mir gar kein Geld mehr einhändigen, sondern sie bezahlen, was ich brauche. Aber für dich schaffe ich Geld, und sollte ich mein künftiges Reich verpfänden.“ – Bella küßte ihm die Augen und schwor, es sei nur ein Nachsprechen von ihrer Tante gewesen, wenn sie über ihre Zukunft sich so bedenklich gestellt hätte; wenn sie aus ihrem Herzen spreche, so sei ihr die Art Staat, die sie in Gent um sich gesehen, lästig, ihr Anzug quäle sie, und jede Stunde sei zu allerlei Beschäftigungen, die ihr verhaßt wären, abgemessen. „Was soll ich Spanisch und Latein sprechen? Was bedarf ich's, Amo, ich liebe, Amas, du liebest, zu lernen? Ich weiß ja nichts andres, als daß ich dich liebe und daß du mich liebest.“ –

Sie umarmten sich still traulich, als Cenrios Stimme plötzlich an der Türe schallte; er sagte, daß Adrian von dem Orte forteile, weil er ein wunderbares Sternzeichen entdeckt. Gleich darauf hörte der Prinz Adrians heftiges Husten, trieb Bella in das Seitenzimmer, wo der Kleine krank darnieder gelegen hatte, und eilte den eigensinnigen Adrian zu besänftigen. Dieser war aber außer Fassung; er schwor, daß diese Nacht den wunderbarsten Sohn der Venus und des Mars gezeugt habe, er müsse zu seinen Büchern, um die Beobachtungen weiter zu vergleichen; er meinte im Erzherzoge gleiches Interesse für die Beobachtung und hörte dessen Einwürfe kaum. Er war ein echter Hofmeister, der in seinem Schüler seine Gedanken voraussetzte und durch ihn seine Zwecke verfolgte. Der Prinz war aber seiner Willkür ganz überlassen und mußte endlich folgsam sich anziehen, um mit ihm nach Gent zurückzukehren. Gern hätte er seiner lieben Bella noch ein Lebewohl ins Seitenzimmer gerufen; doch fürchtete er dadurch ihre Verbindung den Ihren zu verraten, da er so wenig von dem Schicksale der Golem Bella wie von der Abreise seiner Nachbarn in der Eile durch Cenrio unterrichtet werden konnte. Sorgen machte er sich am wenigsten heute, wo sein Herz in den ersten Freuden der Liebe schwebte und nachschwelgte. Die ganze Welt war ihm aufgegangen, er dachte weder an Pferde noch an Jagdhunde, zum erstenmal war ihm die zärtliche Saite seines Herzens angeklungen, die noch im späten Alter im Lager bei Regensburg bei den Tönen einer schönen Harfenspielerin nachklang, als Krankheit und Sorge um seine Lieblingswünsche ihn schon von der Welt loslösten. Vielleicht wäre aus ihm nie der Unermüdliche, der nach allem griff, alles zu verbinden strebte, geworden, wenn ihn nicht das Geschick so rasch aus diesem Verhältnisse, das seine ganze Seele befriedigen konnte, herausgerissen hätte.

Nachdem das Geräusch seiner Abreise vorübergegangen, währenddessen Bella kaum durch die Scheiben ihm trübe nachzublicken wagte, als das Schiff im Dunkel anfing zu schwanken, die weißen Segel sich ausbreiteten und die Ruderer endlich das Wasser anregten: Ach, dachte sie, die mächtige Gewalt des Tauwerks, das sich vorher unserm Blicke verbarg, tritt so schnell hervor, uns zu trennen, wird es auch eine unsichtbare Gewalt geben, die uns wieder verbindet? – Als sie sich in den

Gedanken an ihn recht ersättigt und gestärkt hatte, öffnete sie leise das Nebenzimmer, wo sie mit Braka schlafen sollte, war aber verwundert, die Fenster offen, die Betten geschlossen und den Reisekoffer nicht mehr an Ort und Stelle zu sehen. Sie nahte sich dem Bette der Alten, rief sachte, endlich lauter; aber alles blieb still, und sie sah jetzt im Mondenscheine, daß keine Spur ihrer Anwesenheit mehr zu sehen als schmutziges Wasser im Becken und einige nasse Handtücher, über die Stühle gehängt. Bella konnte sich das alles nicht erklären; aber sie hatte auch kein Schrecken darüber. Sie ging endlich in das dritte Zimmer, das Cornelius bewohnen sollte, schüchtern und leise, fand aber auch hier niemand. Erst jetzt machte sie ihre Verlassenheit ängstlich, sie kannte niemand im Hause als die widrige Frau Nietken; doch lieber wollte sie heimlich entlaufen, ehe sie ihre Zuflucht zu der genommen hätte.

Aber Zufall führte sie ihr entgegen. Es wollten sich ein paar alte Edelleute bei Wein und Spiel mit Mädchen erlustigen, und sie hatte keine andre Zimmer frei als diese von der Brakaschen Familie und von dem Erzherzoge verlassenen. Sie kam mit einem Licht, alles darin aufzuräumen, und erschrak wie vor einem Gespenste, als sie Bella vor sich erblickte. – „Was ist Euch, Frau Nietken, wo ist meine Mutter?“ – „Ei, Jesus Maria“, seufzte die Alte, „da muß ich doch gleich was auf meinen Schreck nehmen; haben Sie was vergessen gehabt, liebes Fräulein? ei, ei, das muß Sie so lange aufhalten! wie weit waren Sie denn schon? bei mir wär's so sicher aufgehoben, und wenn's ein Scheffel mit Gold gewesen.“ Bella konnte sich diese Reden nicht erklären; sie fragte nach ihrer Mutter, wohin sie gefahren, und kam dabei in Verlegenheit, wie sie es ihr erklären solle, daß sie nichts davon wisse. Dadurch ward Frau Nietken, die sich sogleich der Ausfragerei des Erzherzogs erinnerte, klug genug, irgendein geheimes Einverständnis mit diesem anzunehmen, und da sie von diesem oder vielmehr von Adrian, der die Kasse führte, schlecht bezahlt worden, so suchte sie sich durch diese Entdeckung schadlos zu halten. „Ei“, schloß sie ihre Rede mit einem wunderlich ernsthaften Gesichte, „das hätte ich von einem gnädigen Fräulein mein Seelen nicht gedacht, daß Sie sich so schlecht aufführen würden. Pfui Teufel, mein guter Ruf leidet es nicht, die

Jungfer Demut muß in die Wache; sie soll ausgestäupt werden auf öffentlichem Markte zur Warnung!" – Bella zitterte in Scham und Ärger. Sie sah und hörte nichts mehr, so aus dem Glücke in die entsetzlichste Hilflosigkeit und Verachtung gestoßen, ohne irgendeine Welterfahrung; kaum konnte sie glauben, daß sie dieselbe sei, so schauderte ihr vor ihrem Zustande. Nicht das Unglück, aber die Schande, die ihr so unvermeidlich nahe schien, konnte die Sicherheit ihres fürstlichen Gemütes vernichten; sie weinte und warf sich auf einen Stuhl.

Frau Nietken ließ diese Verzweiflung noch tiefer in ihre Seele fressen, um sie zu dem Vorschlage, hier zu bleiben und ein paar alten guten Edelleuten die Zeit zu vertreiben, vorzubereiten. Bella, als sie ihn erfuhr, ahndete nichts Schlimmes, sie meinte allenfalls, daß sie ihnen aufwarten, den Tisch decken solle, und entschloß sich gern dazu, um ungekränkt am andere Tage zur alten Braka zurückzukommen. Aber alles, was sie an Unmut in sich spürte, setzte sie heimlich in Reden um, die sie der alten Braka recht scharf ans Herz legen wollte.

Frau Nietken war sehr vergnügt, sie so willig zu finden. Als die beiden alten Herren hereintraten, sperrten sie beide über die wunderbare Schönheit der Bella ihre Augen weit auf und entschuldigten sich, daß sie in ihr Zimmer gekommen wären: wer konnte sich einbilden, in der Gewalt der Frau Nietken eine so junge, blühende Schönheit zu treffen. Als aber dieser Irrtum berichtiget war, indem Bella ihnen schüchtern sagte, daß sie zu ihrer Aufwartung bestimmt wäre, so erwachte in dem raschen Liebesfeuer, das Nasen und Wangen der beiden Alten durchglühte, eine Eifersucht, den Besitz dieser seltenen Jugend einander nicht zu gönnen, dergestalt, daß jeder seine Stirnfalten hinaufrückte und einer List nachsann, den andern zu entfernen oder bei der Frau Nietken zu überbieten. Während sie nun aus hohen Gläsern den Wein tranken und miteinander im Brett spielten, benutzte es der eine nach dem andern, während jener am Zuge, mit Frau Nietken heimlich ein Wort zu reden, die in seliger Erwartung, wie hoch sie die arme Bella in dieser Versteigerung hinauftreiben werde, sehr viele Schwierigkeiten in Hinsicht ihres Besitzes aufzuzählen wußte. Bella war in ihres Stammes Natur zu klug, um die Gefahr nicht einzusehen, worin ihre Liebe und ihre Freiheit schwebten; die alten Herren erlaubten sich schon manche unbequeme Zudringlichkeit, und sie sann auf einen Anschlag, wie sie dem Hause entkommen möchte. Aber was sie auch erfinden mochte, sie war zu strenge belauscht, und niemand gestattete ihr unter irgendeinem Vorwande das Zimmer zu verlassen. Die beiden Alten, je mehr sie tranken, wurden immer heftiger, sie sprachen von ihren Kriegszügen und fingen an sich zu streiten. Die Wirtin fürchtete, sie möchten zu den alten rostigen Degen greifen und ihre Tassen und Gläser zerschlagen; sie war deswegen sehr erfreut, als sie eine Musikantenbande, wie sie damals häufig auf den Kirmessen der Niederlande anzutreffen waren, die vor dem Fenster mit Küchenmörseln auf Rosten zum Gesange klapperten, in das Zimmer rufen konnte. Das lustige Völkchen, unter großen Mänteln und Larven versteckt, trat ins Zimmer, sah sich um und sang, wie sie die beiden alten Herren so zärtlich gegen das junge Mädchen erblickten, vom Glück des Alters, das noch lieben kann und geliebt wird:

*Väterchen, sang Jugendmut*
*Aus der Lippen rotem Blut,*
*Mische Honig zu dem Wein,*
*Und er wird dir lieblich sein;*
*Zünde auch ein Feuer an,*
*Daß sich Amor wärmen kann:*
*Sieh, der lose kleine Bub*
*Kommt auf Stelzen in die Stub'.*

Bella stellte sich bei diesen Worten, als ob sie den alten Herren den guten Willen durch Zuvorkommen erwecken wollte, sie trat zu den Musikanten und sagte, daß sie mit ihnen singen wollte, sie sänge recht hübsch, doch müßten sie ihr Tracht und Larven leihen. Frau Nietken war seelenvergnügt, daß sie sich so leicht in ihr Schicksal gegeben: „Herzchen, tanz“, sagte sie, „daß die Röcke übern Kopf fliegen, den Herren will ich ein Glas Malaga einschenken.“ – Bella benutzte diese Zeit, einer Musikantenfrau jene kostbare Demanthalskette, die Cornelius damals in dem Stiefel entdeckte und ihr umhing, anzubieten, wenn sie unter ihrer Larve entfliehen könnte und jene an ihrer Stelle zurückbleiben wollte. Das Weib war mit dem Gebot sehr zufrieden, sollte es darüber auch Händel geben; die Musiker waren ihrer sechse, die an Raufereien, wie andere Menschen ans Kämmen, gewöhnt waren, und weil sie nichts als einige alte Lumpen zu verlieren hatten, nur immer dabei gewinnen konnten. Die Umkleidung war hinter dem Schirme bald vollendet, und Bella entwich, während ihre reiche Haube von Gold und ihre Halskette an dem verlarvten Weibe den alten verliebten Toren herrlich entgegenglänzte; das Weib tanzte, und ihre Sprünge schienen ihnen so reizend, daß einer nach dem andern aufsprang und ihr um den Hals fiel. Endlich entfiel ihr bei diesem abwechselnden Zugreifen die Larve, und die alten Herren erschraken nicht wenig, ein fremdes, abgelebtes Gesicht zu sehen, das sie mit rechter Bosheit verlachte. „Wo ist Bella, ihr Spitzbuben?“ schrie Frau Nietken, und statt der Antwort warf sie ein derber Faustschlag des einen Musikanten darnieder. Die alten Herren sprangen zu, aber mit ihnen wurden die rüstigen Kämpfer noch schneller fertig; sie knebelten sie, nahmen ihnen die vollen Geldbeutel, mit denen sie Frau Nietken bestechen wollten, aus den Händen, verschlossen die Türe und flüchteten sich aus dem stillen Hause, wo alles von den Rasereien des Tages im Frühmorgen darniederlag, in das Freie; sie hatten genug gewonnen, um allen Untersuchungen aus dem Wege zu gehen.

Bella hatte sich unterdes mit einer Schnelligkeit auf den ihr wohlbekannten Fußpfad nach Gent begeben, daß sie sich nach einer Stunde ganz erschöpft hinter einen Dornstrauch versteckte, um ein wenig sich zu erholen. Es zog allerlei betrunknes Volk vorüber, was auch von der Kirmes kam, aber keiner bemerkte sie, nur die Hunde schnupperten und bellten sie an; da aber der Dornstrauch als Grenze einer Feldmark sie versteckte und auch mancherlei Knochen den gewöhnlichen Gebrauch dieses Ortes verrieten, so gab lange Zeit niemand auf sie Achtung. Sie verfiel in einen tiefen Schlaf, aus dem ihr das Bewußtsein erst am folgenden Abende wiederkam. Nun konnte sie zwar in dem krampfhaften Zustande, der sich ihrer bemächtigt hatte, selbst dann noch nicht ein

Glied erheben oder die Augen aufschlagen, doch hörte sie in einzelnen Momenten, was ringsumher auf dem Wege gesprochen wurde. Sie hörte das Bellen eines Hundes, wie in dichter, nebeldunkler Nacht der verirrte Schiffer davon überrascht wird, aus einem unbemerkt angenäherten Schiffe; jetzt hörte sie auch Stimmen, und sie merkte aus der Art, wie sie sprachen, daß es ein paar Flurschützen von den beiden aneinanderstoßenden Dörfern wären. Der eine sprach: „Hör, Peter, das tote Weib liegt auf deinem Grund und Boden." – „Soll es gelten", antwortete der, „und wir müssen sie auf unsere Kosten begraben lassen, so leg ich hier einen großen Stein in die Erde, und das Stück gehört unser, und die Grenze kommt jenseits." – „Den Teufel nein", sagte der andre, „du bist verflucht gerieben und bist noch ein halbwachsener Bengel, ich hätt' sie euch gern aufgeladen, ja da werden wohl beide Gemeinden die Leichenbestattung zusammen bezahlen müssen, das macht viel Mühe und Kosten und gibt sicher noch Streit." – „Hör, Alter", sagte der andre, „ich hab ein Kunststückchen vom vorigen alten Flurschützen, dem rothaarigen Benedikt, gelernt, der sagte immer: wenn ich einen Toten finde, so seh' ich's ihm gleich an, er sieht so grämlich aus, bei uns will er nicht gern begraben sein: ei nun, sein Wille geschehe, ich mache ein Kreuz über die Schelde, werf ihn hinein, und wo er ans Land treibt, da will er gern hin – aber, Bub, es muß niemand sehen." – „Hör, Peter, der Gedanke ist so dumm nicht; siehst du niemand, wir fassen zusammen an und tragen sie ins Wasser." – Bella wollte rufen, aber sie vermochte auch nicht die kleinste Lebensäußerung zu zeigen; schon griffen die beiden Leute sie an, als der junge Flurschütz rief: „Halt, laß liegen, was führt der Teufel da für einen struppigen Kerl vom Galgenberge herunter, laß uns nach den Wiesen gehen, in zwei Stunden ist's dunkel, da sieht uns niemand." –

Bei diesen Worten gingen sie miteinander die Grenze herunter, und Bella war von der unsäglichen Angst in einen wunderlichen Traumzustand übergegangen, in welchem sie den Vater mit herrlicher Krone auf der ägyptischen Pyramide, die er ihr oft gezeichnet hatte, sitzen sah; seine Beine waren aber aneinander gewachsen und seine Hände an den Leib gelegt, und sie fragte ihn ganz ruhig: „Deine Hand kannst du mir wohl nicht mehr reichen wie sonst?“ – „Nein“, sagte er, „sonst hätte ich dir eben beigestanden; sonst hätte ich dich früher zurückgehalten, als du den Alraun gegraben: sei froh, du bist frei von ihm! Du bist gesegnet, ein Kind zu tragen, das unser Volk heim führt. Du aber wirst noch Trauer erleben, sei aber furchtlos wie ein Nachttau, welcher der Sonne entgegengeht und sie anblickt, auf daß sie ihn von hinnen nehme.“ –

Nachdem dies Traumgesicht ihr entschwunden, wachte sie auf. Die Sonne war im Sinken, und sie konnte sich erheben und fühlte nur Ermattung noch in allen Gliedern. Sie schlich langsam der Stadt zu und ging mit einem Seufzer bei dem verlassenen Landhause vorüber, das ihre Jugend geschützt hatte: es war ihr jetzt zu eng, zu klein, und sie eilte nach dem Hause, wo sie vor drei Tagen mit wunderlichen Erwartungen ausgefahren war. Zutraulich bewegte sie den Klopfer der Tür, es trat ihr die bekannte Magd entgegen, sie fiel ihr um den Hals; diese aber trat zurück und kannte sie nicht. Als sie sich nannte, schrie das Mädchen auf, ließ den Blaker fallen und lief hinauf zur Herrschaft und schrie, daß sie es hören konnte: „Jesus Maria, da ist noch eine Bella!“ – Braka, Cornelius und seine junge Gemahlin, die Golem Bella, stürzten zum Zimmer hinaus, die Ankommende zu beschauen. Wie läßt sich alles gegenseitige Erstaunen malen? Braka wußte durchaus sich nicht zu fassen; Golem war gleichgültig, als wäre sie ihrer Sache zu gewiß, um sich in ihrer eignen Person zu irren. Bella weinte; von der Müdigkeit, vom Hunger erschöpft, hatte sie kaum die Kraft aufzublicken. Cornelius, der sich auf einmal im Besitze zweier Frauen sah und durchaus jetzt nicht begreifen konnte, wozu er überhaupt eine genommen, sprang wie ein brennender Frosch, so nennen es die Feuerwerker, zwischen allen herum, fluchte und schimpfte und wußte eigentlich selbst nicht, was er sagen sollte. Die Magd und Braka kamen zuerst darauf, unsere Bella möchte doch wohl die echte sein, aber Cornelius widersprach heftig, weil ihm die geschmückte Golem besser gefiel als Bella in den alten Lumpen der Dorfsängerin. Bella bat nur um ein Nachtlager und Nahrung, weil sie erschöpft sei von Müdigkeit; wenn sie am Morgen nicht mehr geduldet werden sollte, könnte sie leicht weiterziehen. Aber auch dies wollte Golem nicht leiden, die, wie wir wissen, außer den wenigen Gedanken, welche der Spiegel von Bella zu ihr übergetragen und die ihr eine auswendig gelernte Form waren, ein echtes Judenherz in ihrem Körper bewahrte und jetzt in der Furcht, die Fremde könnte sie verdrängen oder Geld kosten, schrie: daß, wenn sie nicht freiwillig gleich das Haus verließe, wenn sie ihre trügliche Ähnlichkeit mißbrauchen wollte, ihres Mannes Liebe zu teilen, so würde sie ihr das falsche, lügenhafte Antlitz mit den Nägeln zerreißen. „Du, Mann", rief sie und wendete sich drohend gegen ihn, „daß du noch so dastehst und ihr nicht schon längst das Genick gebrochen, das beweist mir deine Schlechtigkeit, du hast dich auch mit ihr abgegeben, und ich will euch dafür die Köpfe zusammenstoßen, daß euch das Küssen auf ewig vergehen soll, ihr Ehebrecher!" – Cornelius fürchtete sich gewaltig vor ihrer Stärke; er stellte sich darum grimmiger, als er es eigentlich meinte, erhob sein Stöckchen und rief: „Erbärmliches Fräulein, ich will dich strafen." – Braka mußte über sein närrisches Hahnreigesicht fast lachen, wie er sich so grimmig anstellte; aber Bella schlich einsam hinunter, Cornelius hieb auf das Geländer, trat zurück und sagte: „Der habe ich ein paar aufgezogen, daran soll sie ihr Lebtag gedenken." Golem küßte ihn dafür und nannte ihn ihren lieben Mann, und er ahndete nicht, daß er die herrliche Bella für eine Lehmpuppe verworfen, denn leider hatte ihm Golem Bella in der Nacht der Hochzeit die beiden ahndenden Augen, die er noch immer im Nacken bewahrt hatte, unwissend, weil sie da keine Augen vermutete, eingedrückt. Solch Unglück ist leicht bei außerordentlichen Eigenschaften; ich erinnere mich eines außerordentlich begeisterten Redners, der diese Eigenschaft ganz verloren, seit die Zuhörer, um einen Versuch mit ihm zu machen, ihn einmal während dieser Begeisterung mit kaltem Wasser übergossen. –

Bella war jetzt entschlossen, beim Erzherzoge eine Zuflucht zu suchen; sie kannte sein Schloß, das über die andern Häuser hervorragte, aus der Ferne, und so heftig ihr das Herz klopfte, ihre Knien zitterten und ihre Sprache fast versagte, sie brachte es endlich doch beim Türsteher an, daß sie den Erzherzog notwendig sprechen müsse. Der Türsteher, ein alter

Mann, war ganz in dem Interesse des alten Adrian, der ängstlich die Unschuld seines Prinzen bewachen ließ, um seine Lebensdauer zu verlängern. Der alte Türsteher ließ Bella in ein Zimmer treten, ging heimlich zu Adrian und hinterbrachte ihm, daß ein verdächtiges Mädchen nach dem Erzherzoge gefragt habe. Adrian saß eben bei seinem Nachtessen, einem feisten Hahnenbraten, auf seinem Studierzimmer, wie er da abends allein zu essen gewohnt war; er befahl mit zornigen Augenbraunen, das Mädchen hereinzuführen. Bella wurde eingeführt, aber nach dem Erschrecken über die Abwesenheit des Prinzen machte ihr der Anblick des kräftigen, würdigen Adrian einen sehr beruhigenden Eindruck. Er sah sie an und sprach nichts als: „Kurios, kurios!" – Sie sah den Braten, und vom langen Hunger getrieben, rückte sie einen Stuhl ihm gegenüber zum Tisch, schnitt sich ein Stück ab und aß mit dem Heißhunger eines armen Leibes, der seit zwei Tagen nichts genossen. Adrian schüttelte mit dem Kopfe, sagte wieder: „Kurios, kurios", legte ihr dann gekochte Früchte vor, die dem Braten zugesellt waren, und schenkte ihr ein Glas Wein ein. „Du bist ein wunderliches Mädchen", sagte Adrian, „sprich, wann bist du geboren? ich möchte deine Zeichen erforschen." – „Ach, würdiger Herr", sagte Bella, „ich weiß es mir nicht mehr recht zu erinnern, ich muß zu der Zeit noch sehr dumm gewesen sein." – „Kurios, kurios", sagte Adrian, „wie hieß aber dein Vater?" – „Ach, mein armer Vater", sagte Bella, „wenn der das gewußt hätte!" – „Kurios, kurios", sagte Adrian; „nun, ich will deine Geheimnisse nicht wissen." – „Aber kommt denn der Erzherzog nicht bald?" fragte Bella. – „Kurios, kurios", sagte Adrian, „du meinst wohl gar, ich soll dich zu ihm führen, das geht nicht." – „Ei, Väterchen", schmeichelte Bella, „tu's doch, ich muß ihn sprechen, führ mich zu ihm, es macht ihm sicher Freude, ich hab ihn so lieb." – „Ein wunderliches Mädchen", flüsterte Adrian vor sich, „macht mich zu ihrem Liebesboten; wer weiß, ob ich mit dieser Liebschaft nicht des Prinzen leichten Sinn an einen Menschen binden könnte; es wird nicht lange mehr gelingen, ihn von dem Umgang mit den Frauen abzuhalten, gar viele mühen sich um ihn, die ihn auf eitle Wege führen könnten, und diese scheint noch schuldlos jung." Die Religion war in ihm beim Lesen der alten römischen Dichter zu einer Art klugen Naturkunde geworden. –

„Was sprichst du vor dir, lieber Vater?" fragte Bella. – „ich will dich bald zum Erzherzog führen", sagte Adrian, „wart nur etwas, und bist du müde, ruhe aus auf meinem Bette und sprich recht zutraulich, woher du bist, ich will es treu behalten." – Bella fand ihre ganze Seele gegen ihn erschlossen; sie erzählte ihm aufrichtig ihr ganzes Schicksal, nur eins konnte sie ihm nicht sagen, wie sie mit dem Prinzen in Buik zusammengetroffen, sie sagte, daß sie sich im Gedränge von der alten Braka verloren hätte. Nach dieser Erzählung versank Adrian in ein tiefes Nachdenken und in mancherlei Rechnerei, worüber Bella einschlief. Sowie er wieder etwas Merkwürdiges über sie herausgerechnet zu haben meinte, trat er an ihr Bette, lehnte sich sachte über und sah sie verwundert an; überhaupt war es ihm merkwürdig, wie ein Mädchen auf seinem harten, geistlichen Lager schlafe.

Endlich hörte er den Erzherzog, der bei dem Grafen Egmont zu Nacht gegessen hatte, im Schlosse einreiten; er wartete noch einige Zeit und ging dann fort, ohne daß es Bella bemerkte, ihn in seinem Schlafzimmer aufzusuchen. Cenrio, von seiner Ankunft sehr überrascht, winkte ihm, leise aufzutreten, weil der Prinz sehr müde gewesen und gleich in einen tiefen Schlaf gesunken sei. Adrian ging an das Bette, sah das hellblonde Haar des Prinzen, wie er es gewöhnlich mit einem goldenen Netze umspannte, und zog sich auf den Zehen, mit der Hand Ruhe winkend, zurück. Cenrio biß sich lachend auf einen Finger und krümmte vor Lustigkeit den Leib und hob ein Bein auf; der gefährliche Betrug war gelungen, und Adrian hatte die ausgestopfte Puppe für den wahren Erzherzog gehalten, der inzwischen seine lebendige Bella versäumte, um bei der leblosen Puppe Golem Bella an dem Nachgenusse der Liebe, die ihn das erstemal so reich entzückt hatte, zu verzweifeln. Er hatte nämlich schon am Morgen jene Golem Bella, die außer den Liebesgedanken der wirklichen Bella noch ein gemeines jüdisches Gemüt hatte, durch Cenrio bestimmt, seinen Besuch in der Nacht anzunehmen, nachdem das Wurzelmännlein mit einem Schlaftrunke, den er ihr mitgeteilt, zur Ruhe gebracht sei. Auch Braka wußte darum und sollte in ihrem Bettplatze vikariieren, weil der Kleine so eifersüchtig war, daß er selbst schlafend einen Finger von ihr in Händen hielt; dies war seine einzige Art, ihr zu liebkosen, daß er diesen Finger zuweilen küßte. Der Erzherzog war in das Haus geschlichen, als der Kleine, über die zweite Bella noch immer sehr verwundert, kaum zur Ruhe gebracht worden; er mußte lange harren, ehe Golem Bella sich losmachen und zu ihm kommen konnte, und jetzt war seine Neugierde aufs höchste gespannt, wie es ihr ergangen und wie sie dem Herrn von Cornelius vermählt worden, was aus der Golem geworden sei, die er vom Juden habe nachbilden lassen, um ihren Mann zu täuschen. Golem Bella antwortete auf das alles so natürlich, daß er keinen Argwohn schöpfte, sie selbst möchte diese Puppe sein: insbesondre, da er die täuschende Kunst der Sinne für unfähig achtete, sein scharfes Auge zu täuschen. Sie sagte ihm, daß Cornelius aus Argwohn gegen sie, als ob sie mit dem Erzherzoge ein Verständnis habe, erst sehr böse gewesen und sie dann gezwungen hätte, sich ihm im nächsten Dorfe zu vermählen, wofür sie in der Liebe des Erzherzogs eine Entschädigung zu finden hoffe. Die geheimnisvolle Stunde war nicht zu langen Erörterungen geschaffen; der Erzherzog hatte die Zauberei spielend herausgefordert, seine Lüste zu begünstigen, diesmal täuschte sie ihn um seine Lust; in der Liebe ist alles so ehrlich, daß jeder Betrug, wie ein falscher Stein in dem prachtvollsten Ringe, das freie Zutrauen stören kann, und betrog nicht der Erzherzog Bella, als er sie durch sein Kunststück in seine Gewalt brachte? Es war nicht Liebe allein, es war der Wunsch in ihm, sich zu rächen, weil er sich betrogen glaubte, daß er sie so wild und rasch seiner Lust opferte.

Als der Morgen dämmerte und die Krähen, die einzigen Singvögel großer Städte, schrien, als ihn Cenrio erweckte, da konnte er nicht begreifen, was ihm mitten im Genusse gefehlt hatte; sein ganzes Herz war traurig und schwer, weil es nicht jubeln konnte, wie damals, als er sich von Bella in Buik trennte; ja es war ihm, als sei es ein anderes Wesen gewesen, die bei ihm geschlummert, und wäre sie nicht früher fortgeschlichen gewesen, er hätte sicher die dunkeln Locken von der Stirn erhoben, um das Wort des Todes zu entdecken. Er verfluchte die Nacht und schwor sich, nie wieder diesen Weg zu gehen, auf welchem er sich verkleidet in sein Schloß schlich, wo ihm Cenrio erst erzählte, welche Gefahr er gelaufen, von dem alten Adrian entdeckt zu werden.

Der alte Adrian war unterdessen in einer viel ärgern Verlegenheit gewesen; gleich nachdem er den ausgestopften Erzherzog verlassen, hatte er sich ernste Vorwürfe gemacht, daß er auf den Gedanken gekommen, die Liebschaft des Erzherzoges zu begünstigen. Er hätte Bella ohne Barmherzigkeit verstoßen, wenn er nicht vorher schon dem Türsteher hätte sagen lassen, das Schloß zu verschließen, er habe das verdächtige Mädchen schon zur Hinterpforte hinausgelassen. Die Nachtposten waren jetzt auf den Gängen verteilt, und es hätte ohne ein böses Gerede nicht endigen können, wenn er so spät noch ein Mädchen aus seinem Zimmer entlassen hätte; er mußte sich also in zagender Geduld fügen und der armen, müden Bella sein eignes Bette zum Nachtlager anweisen, während er sich selbst vornahm, sich durch ein hartes Bußlager von jeder Versuchung frei zu halten. Seine Verlegenheit ging aber bald an, als ihm unwiderstehlich nach dem Wasserglase verlangte, das sich Bella an ihr Bett gesetzt: es war das einzige, und es drängte ihn der Durst, daß er aufstehen mußte und Bella, vom festen Schlafe rötlich angewärmt, schnell atmend in schöner Lage erblickte. Ihm war nie solch ein Anblick vorgekommen, und er konnte es selbst nicht recht begreifen, warum er so langsam trinken mußte und gar nicht fertig werden konnte, die einzelne Fliege abzuwehren, die immer zu dem schlafenden Engel zurückkehrte; endlich stach ihn selbst eine Art Götterverehrung, die bis dahin nur ganz äußerlich aus den römischen Dichtern in seine Rhetorik übergegangen war. Venus war jetzt Fleisch geworden, er rief sie in Horazens Versen leise an, und wer weiß, wozu ihn diese läppische Schulweisheit verführt haben möchte, wenn er nicht mitten in seiner Adonisrolle seine Tonsur und sein graues Haar im Spiegel gesehen hätte. Ihm schauderte, es war ihm, als habe er einen Heiligen gesehen, der sich im Nachtmahlwein vor seinem Tode betrunken. Er legte sich seufzend auf die harten Dielen, konnte aber nicht schlafen, denn seine Gedanken waren immer beschäftigt, bald reuig, bald sündig, bald wie er sich aus der Verlegenheit ziehen sollte, wie er Bella fortschaffen und doch für sie sorgen könnte; auch war es ihm zumute, als könnte er sie nicht von sich lassen. Allmählich verweilte sein Auge bei den Kleidern eines Knaben, der ihm lange aufgewartet hatte, und den er wegen seiner Tücken endlich fortgejagt hatte; diese schienen ihm geschickt, das Mädchen unbemerkt aus dem Hause zu führen. Als Bella aufwachte, sich die großen Augen rieb und erschreckend fragte, wo sie sei, und fast weinte, hatte der gute Alte erst genug zu trösten. Er betete ihr ein Ave Maria, das sie ihm fromm nachsagte, dann erst erzählte er ihr, daß sie sich in Geduld fügen müsse, er könne sie nicht zum Erzherzoge führen, das sei gegen sein Gewissen; aber er wolle für sie sorgen, ob sie ihm nicht einen Rat geben könne, wo sie unterzubringen, da er niemand kenne. Sein voriger Knabe, der habe bei armen Verwandten gewohnt und sei morgens und abends gekommen, um sich zu erkundigen, ob er für ihn etwas zu laufen oder sonst zu verrichten habe; wenn sie dessen Kleider anlegen wolle, könne sie ihm dieselben Dienste, welche ihm die vornehmen Hoflakaien immer unordentlich versorgten, in den Kleidern des Knaben verrichten. Bella nahm alles an, was ihr der Alte riet, denn sie sah die Möglichkeit, den Erzherzog in dieser Verkleidung zu sehen, und das war jetzt ihr einziges Verlangen; sie eilte zum Ankleiden des neuen Staates, aber ihr fehlte alle Kenntnis, wie sie diese verschlitzten und vielfach mit Haken und Ösen verbundenen Beinkleider und den Wams anlegen sollte, so daß ihr der alte geistliche Herr nicht ohne Lachen dabei helfen mußte. Sie erzählte ihm, daß sie wieder nach dem Landhause zurückkehren und sich dort verstecken wolle; ihre Haut wisse sie durch Pflanzensäfte so zu bräunen, daß niemand sie für ein Mädchen halten sollte. Adrian sah wohl die Klugheit ihres Volks bei allen ihren Äußerungen, aber er fürchtete sich doch vor Verrat und war gar sehr erleichtert, als er sie aus dem Schloß entlassen über den Platz hinschreiten sah, wo die Buben, welche einen Reifen trieben, ihr in der Meinung zuriefen, es sei ihr alter Kamerad, der vorige Knabe Adrians.

Das war seine letzte Angst für diesen Tag; nachher eilte er zum Erzherzoge, und als er ihn noch schlafend fand, der die Nacht versäumt hatte, schüttelte er ihn auf und hielt ihm eine lange Strafrede über die Trägheit, daß in ihr, wie in einem bodenlosen Meere, kein Anker der

Tugend fassen könne, sondern verloren gehe. Den Abend habe er ihn nicht stören wollen, denn die Stunden vor Mitternacht seien der edelste Schlaf, wo eine einzige für Körper und Seele mehr wert als zwei nachher; jetzt aber, wo ihm die Sonne in die Naselöcher scheine, sei das Schnarchen etwas ganz Ungeziemendes. – Er konnte stundenlang so fortreden und brachte diesmal den Erzherzog aus einem Schlaf in den andern, so daß der alte Herr endlich unmutig aufstand und Cenrio die Beweise vortrug, daß jenes vermeinte Werk des Petrus Lombardus, was er in Buik aufgefunden, entweder erdichtet oder aus einer Zeit des Verfassers sei, wo er seinen Geist und seine Grundsätze schon aufgegeben hätte. Cenrio tat verwundert; heimlich lachte aber der Schelm, daß die alte Scharteke dem gelehrten Manne so viel Studium gekostet; er fragte ihn dann nach der merkwürdigen Sternenjunktur, die er in Buik beobachtet, worauf ihm Adrian deutlich machte, daß in der Nacht ein mächtiger Herrscher im Morgenlande gezeugt sei, wo aber, das könne er nicht herausbringen. Auch hierin fand sich Cenrio heimlich wieder viel besser unterrichtet, ungeachtet ihm einige Dinge im Kopfe herumgingen, die er nicht bequem reimen konnte, vielleicht weil die Natur bloß Assonanzen machen wollte, er hatte nicht herausbringen können, wo die Golem Bella geblieben; auch wußte er nicht, wie Bella wieder zur alten Frau von Braka zurückgekommen, nachdem sie von dieser in den Armen des Erzherzogs zurückgelassen, Dinge, die er aus Zeitmangel und aus Überfluß an Zeugen mit dem Erzherzoge noch nicht überlegen konnte. Nachdem der Alte das Zimmer verlassen mit den Worten: „Kurios, kurios, ich gäbe was darum, dies Wunderkind zu entdecken!" – so wendete Cenrio seine Fragen an den Erzherzog, der nicht wenig erstaunt war, da er selbst in seiner Lust nach einer verlornen Bella geschmachtet hatte. – „Gewiß ist jene verloren, die ich liebte, die im Tor meines Lebens wie die zarte Morgenröte vor der hellen Sonne verschwunden ist, statt des Götterbilds habe ich eine irdische Gestalt umarmt, die mich in niederer Glut an sich zieht, und vor der mein Herz zurückweicht. Ach, daß Millionen auf mich blicken! Dürft' ich ein armer Pilger werden, wie wollte ich die Welt durchirren, meine Klagen allen Winden singen und sie aufsuchen, der ich ewig gehöre, und wenn ich sie nicht fände, als Einsiedler in den stillen Kapellen des

Monserate vertrauern: Cenrio, das wäre, was ich mir wünschte, und da ich es nicht erreichen kann, da werde ich auch vieles nicht erfüllen, was die Welt von mir will." – Cenrio gehörte zu den verkehrten Fürstenhofmeistern, die jeden ernsten Gedanken wie eine Zugluft von dem verehrten jungen Leben abhalten möchten. Sie wollen sie im Genusse bilden, und der Genuß eines Fürsten ist so beschränkt und die Entsagung so überschwenglich; der Scherz bleibt vor ihrer Tür stehen, und der Ernst herrscht wie ein alter Geist im Schlosse. Cenrio versprach dem Erzherzoge, in Buik alle Erkundigungen einzuziehen, um das Rätsel zu erklären, und eilte dahin.

Unterdessen wurde der Herr von Cornelius bei dem Erzherzoge angemeldet, und dieser nahm ihn an, weil er der Golem zur Sicherheit ihres Verhältnisses versprochen hatte, ihm eine Anstellung zu schaffen, insofern er von vielen Herren seines Standes ein Zeugnis brächte, daß er ein Mensch sei.

Der kleine Kerl war schon den ganzen Morgen herumgelaufen und hatte sich die Meinungen der Herren, ob er ein Mensch wirklich sei, aufschreiben lassen, sah aber zu seinem Erstaunen, daß bei allen mehr oder weniger Zweifel darüber obwalteten. Die Zeugnisse waren immer nur bedingungsweise ausgestellt, so sagte von ihm der Baron Vanderloo: Wenn er hinter einem Tische säße, würde man ihn schon für einen ordentlichen Menschen passieren lassen, er dürfe aber niemals aufstehen wegen unverhältnismäßiger Kürze seiner Beine, welche ihm Ähnlichkeit mit einem verkleideten Dachshunde gebe. – Herr von Meulen erklärte, er würde durchaus untadelhaft sein, aber seine Mutter müsse einen zu heißen Leib gehabt haben, darüber sei er, wie ein allzu scharf gebackenes verbranntes Brot, aufgerissen und zusammengekrochen. – Graf Egmont schrieb auf den Umlaufzettel: Da es eine Hauptkunst sei, dem Feinde in gewissen Kriegsfällen seine Stärke zu verbergen, so könnte er sehr nützlich in einer Hosentasche jedes tüchtigen Soldaten angestellt werden, die Muskete auf dessen Hosenknopf anlegen und den Feind durch einen ganz unerwarteten Schuß aus den Hosen des Soldaten erschrecken. – Diese und ähnliche Meinungen, die jeder ihm, als sehr günstig für seine

Anstellung, eingeredet hatte, brachte der Kleine jetzt dem Erzherzoge, der sie mit verbissenem Lachen durchlas und ihm dann eine ihm angemessene Anstellung in einem Regimente versprach, das er bald errichten wolle, und wozu er neue Art von Helmen erfunden, die durch eine Schelle sich hörbar und durch zwei lange Ohren sichtbar machten. Der Kleine war über die nahe Erfüllung seiner Wünsche entzückt; er hatte noch nie einen Schalksnarren gesehen als in Buik, und da hatte er ihn für eine militärische Person gehalten und die Gewalt seiner Waffen gegen ihn versucht. Er war deswegen auch sehr bereitwillig, den Erzherzog bei sich zu empfangen, der sich nach seiner jungen Frau erkundigte und sie kennen zu lernen wünschte. Derselbe Tag noch wurde zu einem Feste bestimmt, das Herr von Cornelius in seinem Hause geben sollte. Der Erzherzog fühlte, trotz der unbefriedigten Nacht, trotz der Vermutung, eine Zaubergestalt treibe ihren Spott mit seiner Liebe, eine unwiderstehliche Begierde zu diesem Golem. Es war ein Drang andrer Art, als er geahndet, aber er konnte ihn doch nicht abstreiten, nicht zurückweisen; auch konnte er nicht leugnen, daß diese Empfindung etwas Bestimmtes, etwas Mögliches forderte, während jene sich vielleicht ins Unendliche traumartig ausblühte; ja in diesem Zwiespalte seines Gemütes schien ihm das Wesenlose, das Ungewisse in jenen hohen Freuden leer und verächtlich gegen diesen erkannten Sieg seiner Sinne.

Bella war am Morgen traurig den Weg nach dem Landhause gewandelt, wo sie durch einige bekannte Löcher in der Gartenmauer unbemerkt einzuschlüpfen hoffte. Es begegnete ihr aber in der Nähe des Kirchhofes der arme Bärnhäuter, der sich beim Überzählen seines verdienten Schatzes im Sarge etwas zu lange verweilt hatte; als er Bella erblickte, konnte er sich der Tränen nicht enthalten, sondern faßte ihre Hand und fragte, was die liebe, junge Herrschaft mache, er habe es gleich bemerkt, daß sie von einer falschen, nachgebildeten Figur verdrängt sei, aber aus Furcht, seinen Dienst zu verlieren, habe er nichts zu sagen gewagt. Bella bat ihn zu schweigen: seit dem Empfange in dem Hause habe sie einen unwiderstehlichen Widerwillen gegen Braka, Cornelius und alle bekommen, daß sie sich nie entschließen könnte, ihre fürstliche Freiheit dem Zwange der Stadt zu unterwerfen; sie wolle wieder in ihrem alten Hause leben, bis sie freie Leute ihres Volkes antreffe. Dann fragte sie ihn aus, wie sich alles begeben, und warum er an dem Abende nicht erschienen. Da erzählte er ihr, daß er von der falschen Bella ausgestellt worden sei, um den Erzherzog durch die Hintertüre einzuführen, der erst spät anlangen konnte. Bei diesen Worten verschloß Bella den Mund des Bärnhäuters; sie wollte nichts mehr hören, nachdem diese unselige Betrügerin ihr auch das letzte, was sie auf Erden reichlich tröstete, die Liebe des Erzherzogs, entwendet hatte. Der Jammer füllte ihre Seele, und es fiel ihr wie ein Stein vom Herzen, als sie weinen konnte; sie hing sich an den Bärnhäuter und ließ ihn wohl eine Stunde nicht los; ein Glück, daß den Weg wenig Leute gingen, es hätte sonst Aufsehen gemacht. Der Bärnhäuter war bald in ein neues Rechnen in Gedanken gekommen, wie lange er noch dienen müsse, und so ließ er die Tränen an sich vorübergehen, wie eine Mühle den schönsten Wasserfall, sie ist zufrieden, daß nur ihr Rad dabei gehen kann. Zuletzt, als er fürchtete, zu spät zu kommen, wußte er sich nicht anders loszumachen, als daß er eine Pflaume, die wurmstichig vom nahen Baume gefallen war, aufdrückte und sprach: „Wieviel glücklicher ist doch solch eine Made als wir Menschen, je länger sie lebt, je süßer wird die Frucht am Baume; was ich aber als eine Undankbarkeit an dem Tiere betrachte, ist wohl, daß sie alles in ihr Zimmer macht und sich dadurch ihren eignen Lebensgenuß verdirbt.“ – Der einfältige Kerl dachte nicht, daß sein eignes Sammeln ins Leben nichts anders gewesen war, als was die Maden in der edlen Frucht anhäufen. Bella war zu traurig, um ihn darauf aufmerksam zu machen, sie ließ ihn aber los, und er verließ sie eilig mit den heiligsten Versicherungen, er wolle für eine Kleinigkeit jede Nacht zu ihr kommen und einholen, was sie brauche.

Sie dachte nicht, was sie noch brauchen könne; ihr fehlte alles. Gleichgültig gegen alle Welt ging sie, ohne eine Vorsicht zu brauchen, nach dem Gespensterhause und öffnete die Türe in der ihr bekannten Art. Keine Betrachtung über die Veränderlichkeit ihres Schicksals störte sie; ganz entehrt fühlte sie sich, seit der Erzherzog sie nicht mehr liebte, ohne

Sicherheit und Würde; sie wollte ihn vergessen, und doch war es ihre Angst, wo er eben sein möchte. Auch war es dieser Gedanke mehr als der Hunger, der sie abends nach dem Schlosse zurückführte, wo sie aber diesmal Adrians Zimmer verschlossen fand, weil er mit einigen Geistlichen darin disputierte. Als sie unbestimmt auf dem dunklen Gange des Schlosses stand, kam der Erzherzog und hielt sie in der schwachen Beleuchtung für den ehemaligen Knaben Adrians, den er sich durch kleine Geschenke lange zu eigen gemacht hatte; er rief ihm zu, eine Fackel zu nehmen und ihm nach dem Hause des Herrn von Cornelius vorzuleuchten. Bella erfüllte eilig seinen Befehl, zündete eine Fackel und ging voran. Der Erzherzog war in heftiger Bewegung: ein geheimer Freund war aus Spanien mit der sichern Nachricht angekommen, sein Großvater könne nur wenige Tage noch mit dem ihn lange bedrohenden Tode kämpfen; umsonst suche er dem Tode zu entfliehen und ziehe aus einer Stadt in die andre, wie andre Kranke aus einem Bett in das andre. Carvajal, Zapara und Vargas hätten ihm endlich die Nähe seines Todes vorgestellt, und er hätte, sein Unrecht gegen Karl zu verbessern, statt Ferdinands den Kardinal Ximenez zum Reichsverweser ernannt und die rechtmäßige Erbfolge Karls unangefochten gelassen. Der magnetische Kreis der nahen Herrschaft bewegte Karls herrschendes Gemüt so unruhig wie ein Nordlicht die Magnetnadel; dabei war er so in sich versunken, daß er keinen Blick auf Bella warf, sondern, ohne darauf weiter zu achten, dem Schein der Fackel nachlief und Bella befahl, vor dem Hause bis zu seiner Heimkehr zu warten.

Die arme Bella! sie löschte ihre Fackel wie ein guter Genius, der nicht mehr helfen kann. Der ernste Blick und Ton des Erzherzogs hatte allen ihren Mut, ihn anzureden, niedergeschlagen; sie gab ihn ihrer Liebe verloren und war in sich still versunken, als sie das Geschrei einer Musikantenbande aus ihrer Schmerzenstiefe erweckte. Sie hörte nichts von dem Liede, womit sie sich eine Gabe aus dem erleuchteten Hause zu erflehen suchten; die Erinnerung ihrer Retter aus den Händen der Alten stieg in ihrem Herzen auf, zugleich die Erinnerung jener überstandnen Angst; sie zagte für ihre Zukunft und wußte doch nicht, was sie noch verlieren könnte. Es wohnt aber in den Menschen, die zu einer großen, allgemein wirkenden Äußerung, von hoher Hand vorbereitet, sie noch nicht erkennen, eine erhaltende Kraft, die ihnen im gewöhnlichen Kreise das Ansehen der Zaghaftigkeit geben kann; ihren großen Lauf ahndend, scheuen sie die hemmende Kraft des schlechten, und nur ein ganz erfassender Glaube kann ihnen in den Unbedeutendheiten des Lebens die Zuversicht und Dreistigkeit geben, die ihnen im großen nie fehlt. Bella fühlte ungeachtet ihrer Vernichtung einen erhaltenden Wunsch in sich. Ihre Hilflosigkeit, und was ihr im Gedränge der Menschen; die nachts in der Hauptstadt umherschwärmten, geschehen könnte, erschreckte sie; sie verkroch sich zwischen den Säulen einer kleinen Kapelle der heiligen Mutter, die neben ihrem ehemaligen Hause ganz verlassen unerleuchtet stand. Diese Bande von Musikern, welche sich vor dem Hause hören ließ, unterschied sich aber gar herrlich von jenen rohen Sängern auf der Kirmes. Es waren weder Bettler noch Diebe, sondern junge Leute aus allen Ständen, die sich abends zusammenfanden mit ihren Lauten und allerlei Lieder, so gut ein jeder sie wußte, absangen. Was sie einnahmen, verjubelten sie entweder zusammen gegen Morgen, ehe sie voneinander schieden, oder sie schenkten es den Mädchen, die sie mitzugehen beredet hatten. Diese Sänger waren in den Städten so beliebt, daß die Eltern ihre Kinder abends nicht eher zu Bette bringen konnten, bis der Zug vorübergegangen, und wenn auch die Knaben den Trommelschlag vorzogen und ihm nachliefen, der abends den Torschluß verkündigte, die kleinen Mädchen hörten lieber die Sänger und folgten ihnen bis an die Straßenecke. Mancherlei freche und traurige Lieder waren unbemerkt vor Bellas Ohren vorübergegangen, als ein junger fahrender Schüler sich vor der heiligen Mutter hinstellte, daß die hellerleuchteten Fenster des Hauses sein trauriges Gesicht erleuchteten; dann sang er ein Lied, das damals allgemein gesungen wurde und in seinen Schicksalen vielleicht eine besondre Rührung vorfand:

*Die freie Nacht ist aufgegangen,*
*Unsichtbar wird ein Mensch dem andern,*
*So kann ich mit den Tränen prangen*

*Und hin zu Liebchens Fenster wandern.*
*Der Wächter rufet seine Stunden,*
*Der Kranke jammert seine Schmerzen,*
*Die Liebe klaget ihre Wunden,*
*Und bei der Leiche schimmern Kerzen.*

*Die Liebste ist mir heut gestorben,*
*Wo sie dem Feinde sich vermählet,*
*Ich habe Lieb' in Leid geborgen,*
*Ihr Tränen mir die Sterne zählet.*
*Wie herzhaft ist das Licht der Sterne,*
*Wie schmerzhaft ist das Licht der Fenster,*
*Ein dichter Nebel deckt die Ferne,*
*Und ich umspinnen die Gespenster.*

*Im Hause ist ein wildes Klingen,*
*Die Menschen mir so still ausweichen,*
*In Mitleid mich dann fern umringen:*
*So bin ich auch von euresgleichen?*
*Mich hielt der Wald bei Tag verborgen,*
*Die schwarze Nacht hat mich befreiet.*
*Mein Liebchen weckt ein schöner Morgen,*
*Der mich dein ew'gen Jammer weihet.*

*Wie oft hab ich hier froh gesessen,*
*Wenn alle Sterne im Erblassen,*
*Ach, alle Welt hat mich vergessen,*
*Seit mich die Liebste hat verlassen:*
*Nichts weiß von mir die grüne Erde,*
*Nichts weiß von mir die lichte Sonne,*
*Der Mondenglanz ist mir Beschwerde,*
*Die Nacht ist meiner Tränen Bronne.*

Hier hielt er inne, schlug seinen Mantel über die Arme, zog eine kleine Laterne hervor, holte eine brennende Kerze heraus und stellte diese vor das Bild der heiligen Mutter; dann sang er in verändertem Ton:

*Nichts weiß von mir die liebe Mutter,*
*Nichts weiß von mir der gute Vater,*
*Doch zünd ich ein Licht der heiligen Mutter,*
*Doch glaub ich an einen himmlischen Vater.*

Als das Licht den jungen Mann erhellte, da erinnerte sie sich, ihn mehrmals vor ihrem Hause erblickt zu haben, wenn sie zufällig nach der Straße gesehen. Nicht ohne Grund glaubte sie *sich* die Ursache seiner Trauer, weil er sie vermählt glaubte. Welche treue Liebe war ihr unbekannt geblieben, während der Liebling ihres Herzens, dem sie sich so ausschließlich hingegeben, sie in leichtsinniger Täuschung verlassen hatte. Sollte sie sich ihm wie ein Almosen hingeben? Sie war sich nichts mehr wert! sie konnte ein frommes Leben mit ihrer Liebe retten. Schon wollte sie zu dem Betenden hinspringen und sich ihm zu erkennen geben und ihrem Hause und ihrem Volke entsagen, als der Mond an dem hohen, pyramidalen Kirchturm, der vor ihr wie ein Schatten stand, wie das Licht eines Leuchtturms emporstieg, und sie dachte der Pyramiden Ägyptens und ihres Volkes, und die Gedanken machten sie ihres Schicksals fast vergessen. Inzwischen trat ein Knabe, der mit einem Teller, worauf ein Licht geklebt war, im Kreise herumgegangen war, auch zu ihr; sie sah auf dem Teller außer einigen Birnen und Äpfeln, Gaben der Kinder, kleine Ersparnisse vom Abendbrot, nichts liegen. Sie fühlte einen quälenden Durst und meinte, es werde ihr geboten, nahm einige Birnen und führte sie zum Munde. Der Knabe sah sie verwundert an, dann sagte er ihr, sie möchte bezahlen. Sie griff in Verlegenheit nach den Taschen und meinte darin Geld zu finden; es war aber nur ein abgerissener Knopf, den der vorige Knabe darin vergessen. Als sie ihn auf den Teller legte, lachte der Knabe und rief die lustige Bande herbei. Da hieß es gleich, wenn er kein Geld zum Zahlen habe, müsse er ein Lied zum besten geben. Bella verging fast in Angst; kein Lied wollte ihr einfallen, sie wurde gezogen und bedrängt. Endlich stieß sie an einen Stein, und da sang sie im Schmerz.

*Wer sich an den Stein gestoßen,*
*Springt in die Höh*
*Mit Ach und Weh:*
*Wollet ihr das Tanzen nennen?*
*Wen die Liebe hat verstoßen,*
*Singt in die Höh*
*Mit Ach und Weh:*
*Wollet ihr das Singen nennen?*
*O Schmerz, wie soll ich dich singen,*
*Du bist mir zu schwer!*
*O Herz, wem soll ich dich bringen,*
*Dich will keiner mehr;*
*Verlorn ist Lieb' und Ehr'.*

Bella hatte diese Worte mit solcher Angst ihrer Kehle entpreßt, daß der traurige Sänger vom Gebete aufgestanden war und, ohne sie anzusehen, den Teller mit Früchten und Geld in ihr Barett schüttete, das sie schüchtern halb vor ihr Gesicht wie ein Becken mit Weihwasser hielt, ihre Tränen waren hineingeflossen; hätte er sie erkannt, er hätte ihr mehr, er hätte ihr alles gegeben, denn er war ihr eigen. Aber so schön ist eine fromme Neigung, daß sie selbst da wohl tut, wo ein höheres Geschick ihr keine Erfüllung gestattet. Der arme Schüler fühlte sich durch die kleine Wohltat, er wußte nicht wie, erleichtert. Seine Bescheidenheit erlaubte ihm nicht, dem er wohl getan, ins Auge zu sehn, darum zog er die Bande mit seinem schönen Gesange weiter, daß sie den armen Burschen, dafür hielt er Bella, nicht weiter mit Anforderungen zum Singen ängstigten.

Als Bella allein war, warf sie sich an die Stelle nieder, wo der arme Schüler im Staube gekniet hatte, wo er sein Licht und einen Blumenstrauß zurückgelassen. Die Blumen dufteten so angenehm zu ihr, und die heilige Mutter sah so liebreich zu ihr herab, daß sie fühlte, die Sünde ihres Volkes sei vergeben: „Heilige Mutter“, seufzte sie, „hast du verziehen unsre

Missetat, nimmst du uns auf, nachdem wir dich verstoßen?“ – Da glaubte sie, die heilige Mutter nicke ihr freundlich zu, und ihr Herz schwamm in Andacht so selbstvergessen, daß sie den Schwarm der Gäste kaum wahrnahm, die um Mitternacht das Haus verließen.

Ein paar trunkene Edelknaben des Erzherzogs erzählten, daß sie den kleinen Cornelius, als er vom Mohnsafte eingeschlafen, unter den Ofen gesteckt und ihn an den vier Ofenfüßen mit Armen und Beinen schwebend angebunden; es sei schade, daß man noch nicht einheize, er würde sonst den Gesang der Männer im feurigen Ofen sehr natürlich anstimmen können. So gingen sie vorüber, ohne Bella zu bemerken, die sie ebenfalls nicht beobachtete und endlich, als das kleine Licht des Schülers erloschen war, gleichsam mit offenen, sehenden Augen in eine andre Welt getragen wurde. Sie sah ein Kind in ihrem Schoße, das dem Erzherzoge gleich, vor dem sich zahlreiche Völker beugten; sie war ganz verloren in dem Anblick.

Aber mitten aus diesem Entzücken weckte sie die geliebte Stimme des Erzherzogs mit den Worten: „Wach auf, Knabe, zünde deine Fackel und leuchte mir vor!“ – Sie taumelte auf und sah Golem Bella, die mit einem Lichte ihn bis vor die Türe begleitet hatte. Sie war in einen schwarzen Mantel gehüllt. Der Erzherzog, den die sinnliche Gewohnheit mehr ergriffen, den die höheren Forderungen der Liebe in der Unruhe weniger gestört hatten, näherte sich ihr und sprach: „Also morgen abend bin ich wieder bei dir und übermorgen wieder, und so alle Nächte, ja auch die Tage, wenn ich erst ganz frei der Herrscher eines mächtigen Volkes bin, das wie wir die Torheiten des Lebens in freudigem Genusse vergessen soll!“ – „Vergiß nicht die Perlen, die du mir versprochen“, sagte Golem. Bella hatte jetzt an ihrem Lichte ihre Fackel entzündet. Ihr Barett lag noch mit den Früchten in der Kapelle, und da ihre Knabenkleidung vom Mantel bedeckt war, so erschrak der Erzherzog, der sie ganz wie am Frühlichte in Buik wiedererkannte, fuhr mit seiner Hand gegen seine Stirne und rief: „Heiliger Gott, es sind ihrer zwei!“ – „Muß ich dich wiedersehen, du Vorgeschaffene Gottes, muß ich an dir schaudern, daß ich nicht lebe?“ schrie Golem und stach mit einer pfeilförmigen, goldnen Haarnadel nach ihr. Der Erzherzog aber, dem alles im Augenblicke schrecklich klar wurde, was er sich bisher abgestritten hatte, hielt Golem Bella bei den Haaren zurück, deren Flechten niederfielen; er sah die Schrift auf der Höhe der Stirn, das Aemaeth, löschte die erste Silbe rasch aus, und im Augenblicke stürzte sie in Erde zusammen. Der Mantel lag über der formlosen Masse, als ob eine Magd, die in der Stadtsandgrube sich Sand ausgegraben hat, weggerufen wird und ihren Mantel darüberlegt, damit kein andrer ihr den Haufen wegnimmt.

Aber weder der Erzherzog noch Bella hatten ein Verlangen nach diesem irdischen Schatze. Der Erzherzog hob Bella rasch auf, daß ihr die Fackel aus der Hand fiel, und trug sie in seinem Mantel nach dem nahen Brunnen, wo er des klaren Wassers reinigende Kraft über sein Antlitz und seine Hände hingehen ließ, gleichsam um jede Spur dieser falschen Berührung mit der Erde zu tilgen. Und als er sich in Unschuld gewaschen, küßte er die geliebten Lippen der echten Bella, bekannte ihr, wie diese Irrungen veranlaßt worden wären, und bat sie, ihm ihr Geschick, und was sie in diese Kleider gebracht, zu bekennen. Bella sah sich wieder in dem Besitze des verlornen Schatzes, und doch atmete sie noch schwer und hätte doch gern ganz froh und heiter sich angestellt. Es waren dieselben geliebten Züge, aber ohne den farbigen Fruchtstaub, den das Anfassen der neugierigen Welt so leicht von dem unschuldigen Leben hinwegwischt, was uns Weintrinkern wie ein edles Faß vorkommt, das mit einer geringeren Menge unedlen Gewächses aufgefüllt worden: der Wein ist darum doch klar, edel, aber nicht mehr rein. Karl war heiter, aber er wollte es auch sein, um seine Verirrung auszutilgen, der er doch zuweilen nachgähnte, und als ihm Bella ihre Geschichte erzählte, da wurde ihm das Ereignis mit dem alten Adrian so hervorstechend in seiner absichtlichen Laune, daß Bella ihm ihre unsägliche Trauer und ihr Entsagen und ihren Wunsch nach Ägypten nicht mitteilen konnte. Karl, den mitten in Liebkosungen die Freuden naher Herrschaft beunruhigten und erkälteten, beschloß, dem Adrian, den er zur Bewachung des Ximenez nach Spanien senden wollte, nach dieser feierlichen Bestallung einen lustigen Streich zu spielen, damit er das Ende seiner Hofmeisterschaft deutlich fühle.

Es sollte nämlich in dieser Nacht ein großer Staatsrat gehalten werden, worin Adrian präsidierte; am Schlusse desselben sollte Bella hereintreten und ihn verklagen, daß er sie verlasse, und ein Gericht der Liebe über den Kardinal verlangen. Bella, die den Erzherzog so heiter sah, wollte gern an ihres Karls Seite ihre überstandene Trauer vergessen, wenn sie gleich zu diesem Scherz allzu beklommen war; sie glaubte es aber ihre Schuldigkeit, alles Kränkende zu vergessen, insbesondre da der Erzherzog ihr versprochen, für sie und für ihr zerstreutes Volk nachher etwas Bedeutendes zu tun.

Nach dieser Verabredung gingen sie still ins Schloß zur Hintertür ein. Der Erzherzog gönnte Bella auf seinem Bette einige Ruhe, gab ihr Erfrischungen und verließ sie endlich recht ungern, um über die Schicksale der Welt zum erstenmal einen Rat zu hören und eine Tat auszuführen. Die Versammlung bestand aus Adrian, Chievres, Wilhelm von Croy, dessen Neffen, und Sauvage. Als der Erzherzog eintrat, bemerkte er, nicht ohne Regung seiner Eitelkeit, die verschiedne Art, wie sie ihn jetzt begrüßten. Jeder spekulierte in seinem Herzen, welche Vorteile ihm aus diesen nahen Veränderungen erwachsen möchten. Für sie war Ferdinand, der Großvater, nicht bloß krank, sondern schon tot, begraben und vergessen; alle bemühten sich, den jungen Erzherzog, der ein blindes Vertrauen in ihren guten Willen setzte, gegen die Spanier einzunehmen, die nur ihre Rechte und ihren Dünkel, nicht den Ruhm und die Macht ihrer Könige zu fördern suchten. Der Erzherzog ließ sich leicht von etwas überreden, was er immer geglaubt hatte; der früher von Chievres ersonnene Rat, den festen und treuen Adrian dem Ximenez an die Seite zu setzen, wurde angenommen, und Adrian sollte schon am nächsten Morgen sich nach Spanien einschiffen, ohne die sichre Nachricht von dem wirklich erfolgten Tode des alten Königs abzuwarten.

Als dieses abgetan und alle sich entlassen glaubten, sagte Karl ernsthaft, daß er jetzt, wo er sein eigner Herr werde, ein Strafgericht über seinen gewesenen Hofmeister Adrian eröffnen müsse, insbesondre, ob derselbe seine geistlichen Gelübde der Keuschheit gewissenhaft erfüllt habe. Alle sahen sich verwundert an, und Adrian, der einen solchen Ton im Erzherzoge nicht gehört hatte und seiner Unschuld sich bewußt glaubte, verlor so gänzlich sein kaltes Blut, daß er zornig ein geistliches Gericht verlangte, um sich der strengsten Prüfung zu unterwerfen. – „Wir wollen nicht richten“, sagte Karl, „sondern nur die Zeugen verhören, denn diese könnte uns die geistliche List entziehen!“ – Bei diesen Worten gab er das verabredete Zeichen, und Bella trat in der Livrei des Kardinals schüchtern in die Versammlung. Der Kardinal wird im Augenblicke sichtbar rot; die übrigen wissen nicht, was der Knabe vorzubringen habe, bis der Erzherzog den Kardinal auf sein Gewissen frägt: Ob dieses sein Diener? ob es ein Knabe? ob er es gewußt, daß es ein Mädchen? ob dieses Mädchen nicht in seinem Bette geschlafen – Adrian hatte seine Fassung so ganz verloren, daß er kein Wort vorbringen konnte; keine von den vielen Spitzfindigkeiten, die er in seinem Leben durchdisputiert hatte, fiel ihm zu seinem Schutze ein. Er sagte endlich, daß er nichts antworten wolle, es sei eine Verschwörung gegen ihn, seine Gutmütigkeit werde hart bestraft. Länger konnten weder der Erzherzog noch Bella seine Verlegenheit ansehen. Der Erzherzog nahm Bella lachend in seinen Arm und rechtfertigte ihn vor der Versammlung, indem er sagte, daß er ihn angeführt habe, daß er ihm eine Geliebte zur Aufwartung gegeben, um sie sich selbst näher zu rücken. Adrian atmete wieder nach dieser Rede; die Versammlung rühmte das frühe Liebesgeschick des Erzherzogs. Chievres, der Karl gern zum Liebhaber seiner Frau gemacht hätte, um ihn desto mehr in seine Gewalt zu bekommen, versicherte laut, er würde seine Frau nicht mehr mit ihm allein lassen. Der Erzherzog bat unterdessen Bella, daß sie zur Frau von Chievres, die im Schlosse wohnte, gehen und sich recht kostbar möchte ankleiden lassen, dann sollte sie mit derselben in die Versammlung zurückkehren, noch habe er einige Akten für Adrians Abreise zu unterzeichnen.

Diese Ausfertigungen waren nur ein Vorwand, sich selbst eine Zeit der Überlegung zu verschaffen; streitige Wünsche teilten seine Seele: was er der Liebe, was er seinem Stande schuldig, ob er eine Herzogin von

Ägypten heiraten dürfe, ob es nicht seinen Thron unsicher mache. Diese Beratung in ihm war noch nicht beendigt, als Bella in einem prachtvollen, silbernen Kleide, das mit roten Blumen bestreut zu sein schien, auf ihrem Haupte eine kleine goldne Krone, an der Seite der Frau von Chievres ins Zimmer trat und die Bewunderung aller durch ihren sichern Anstand gewann, so daß Sauvage und Croy einander zuflüsterten, es müsse wahrscheinlich eine Fürstin sein, die Karl heimlich zu heiraten beschlossen habe. Karl beugte sich vor ihr, führte sie auf seinen hohen Stuhl und versuchte zu sprechen, aber die innere Bewegung machte es ihm unmöglich. Chievres bemerkte diese Unbestimmtheit und glaubte, ihm einen Gefallen zu tun, wenn er ihm Zeit verschaffte; darum trat er zu ihm und erzählte, daß Adrian fortgegangen sei, weil ihm der Schreck über seinen gefährdeten Ruf auf seinen Magen gewirkt hätte. Dieser lächerliche Erfolg seines Mutwillens löschte für einen Augenblick das tiefere Gefühl Karls. Der Streit schien ihm geschlichtet, er schien ihm unnütz. Vielleicht wirkte auch die Erschöpfung der tätigen Nacht, als er zur Versammlung sagte: „Ich erkenne öffentlich Isabella, die Tochter des Herzogs Michael von Ägypten, als einzige Erbin dieses Lands, als Fürstin aller Zigeuner in allen Ländern diesseit und jenseit des Meeres und gebe ihr die Freiheit, sie alle nach Ägypten zurückzuschicken, insofern sie selbst nur unsrer Liebe bleiben will.“ –

Bella, die von der Rede nur wenig vernommen hatte, weil sie sein herrliches Ansehen dabei, seine Würde mit freundlichen Blicken bewacht hatte, fiel ihm nach deren Ende um den Hals; das befreite Karl von aller Sorge, daß sie eine Heirat mit ihm fordern möchte, und er küßte sie mit doppelter Zärtlichkeit. Die Versammelten baten um den Handkuß, und Chievres, der gern den Neigungen seines Herrn zuvorkommen wollte, erflehete seiner Frau die Gunst, daß die Prinzeß von Ägypten künftig bei ihr wohnen sollte, bis ihr ein eigner Palast geschafft worden sei. Karl bewilligte aus Gnade, was er früher für eine Gnade der Frau von Chievres sich erbeten hätte. Bella ging mit ihrer neuen Mutter nach der andern Seite des Schlosses, Karl sprach noch einige Worte mit den Versammelten. Es war schon spät am Morgen, als sie auseinandergingen.

Die Vögel sangen ihr Lied, und die politischen Menschen gingen zu Bette. Karl aber streckte sich auf eine Rasenbank im Schloßgarten, wo ihn Bella aus ihrem Zimmer ersah und nicht einschlafen mochte. –

Schon war in dem Hause des Herrn von Cornelius die größte Verwirrung ausgebrochen; sein Toben unter dem Ofen, nachdem er den ärgsten Rausch ausgeschlafen hatte, rief alle Bewohner in den abenteuerlichsten Nachtkleidern zusammen. Alle waren mehr oder weniger betrunken gewesen, daß sich niemand um den Herrn bekümmert hatte, sogar der Bärnhäuter, daß er diese Nacht vergessen, nach seinem Schatze im Sarge zu sehen. Der Kleine, der schwebend angebunden hing und unter sich die Fliesen sah, die ein Meer mit Schiffen darstellten, glaubte in seinem Halbrausche, er fliege über dem Meere, und wollte sich damit sehen lassen. Als ihm aber die Bande gelöst wurden und er mit der Nase auf dieses Meer fiel, da glaubte er sich verloren. Diese Ideen verwirrten ihn immerfort, als er schon aufgehoben und gereinigt war. Endlich sah er alles ein und verlangte in sein Schlafzimmer; aber neue Verwirrung entstand, als nichts von seiner Frau zu sehen war als das verwirrte Bette. Das war allen ein Rätsel, selbst der alten Braka und der Magd, die recht gut wußten, daß nicht alles sei, wie es sein sollte. „Sie ist wegen ihrer Tugend gen Himmel gefahren, mein Six, das Fenster ist offen“, rief Braka, und das staunende Wurzelmännlein sah ihr an dem Fenster nach, ob nicht ein Paar Beine am Himmel zu sehen. Braka tröstete sich mit dem Gedanken, daß der Erzherzog für ihr gutes Unterkommen gesorgt haben möchte. Das Wurzelmännchen, dem eine Schwalbe etwas in den Mund fallen lassen, sprang in liebender Verzweifelung vom Fenster zurück, um in tausend lächerlichen Sprüngen wie unsinnig durchs ganze Haus zu laufen. Als er die Türe noch offen fand, tobte er gegen den Bärnhäuter; als er aber den Mantel der Geliebten und darin eine Masse ordinären Leimen fand, da wußte er nicht, warum, aber diese Erde gewann er so lieb, als sei es die Verlorne; er sammelte sie sorgfältig, trug sie in sein Zimmer, küßte sie unzähligemal und suchte sie wieder in eine Gestalt zu formen, die der Verlornen ähnlich wäre. Die Beschäftigung tröstete ihn, während unzählige Boten von ihm den Auftrag erhielten, das

Land zu durchsuchen, um von ihrem Aufenthalt, wenigstens von dem Wege, auf dem sie entflohen, Nachricht zu bringen. Aber keiner wußte ihm eine Auskunft zu geben, bis endlich Braka, die sich alles Vorteils beraubt glaubte, der ihr aus der Liebe des Erzherzogs zur Golem Bella noch zuwachsen sollte, ihm die Nachricht brachte, Isabella, die Fürstin von Ägypten, welche auf dem Schlosse angekommen und der zu Ehren alle Zigeuner Freiheit erhalten, sich öffentlich wieder zu zeigen und ihr Brot zu erwerben, sei seine verlorne Frau. Der kleine Mann stand in Verwunderung wie erstarrt, dann gürtete er sich mit seinem Schwerte und eilte nach dem Schlosse, um vom Erzherzog hierüber eine Auskunft zu fordern.

Der Erzherzog ließ ihn gern vor sich kommen, hörte ihn an, sprach, daß er die Fürstin vor seinen Richterstuhl fordern wolle, und versammelte deswegen mehrere Herren um sich her. Der Kleine war nicht wenig eitel, daß seinetwegen solch ein Aufsehen gemacht würde; er stand so ritterlich in den Schranken, machte so stolze Augen, daß er, wie durch eine doppelte Brille sehend, Isabella kaum erkennen konnte, als sie in einem roten Samtkleide, mit Hermelin besetzt, Frau von Chievres in einem weißen Damast, auf dessen vorderer Fläche Adam und Eva unter dem Apfelbaume gewebt waren, in das Zimmer traten und die für sie bestimmten Plätze einnahmen. Der Erzherzog verlangte jetzt von dem Herren von Cornelius Nepos, daß er seine Klage vortrage. Dieser hatte nicht umsonst Stunden in der Rhetorik genommen, das wollte er allen zeigen und bewähren; sehr pathetisch ergriff er die ehelichen Mitgefühle der Versammelten, sprach von dem ersten Glücke der Vermählten und von der seligen, sorglosen Ruhe, in welche es alles Streben auflöse, um in dem Erstgebornen das Herrlichste darzustellen, was die ungeschwächte Kraft in ungestörter Leidenschaft hervorbringen könne, weswegen auch die Menschheit alles, was sie unteilbar erblich verliehe, nicht dem zweifelhaft größeren Talente unter den Kindern eines Vaters überlassen möchte, sondern dem Erstgebornen, der in den allgemeinen Gesetzen der Natur das Übergewicht seines Lebens begründet finde. Auch diesen seinen künftigen Erstgebornen, die Freude des Landes Hadeln, wolle ihm der Leichtsinn seiner entlaufenen Frau entziehen, nicht zu gedenken, wie diese jetzige Unruhe schon seinem ersten, keimenden Leben nachteilig sein müsse. – „Der Teufel hat aus dem kleinen Kerl gesprochen“, sagte Chievres leise, „Mich rührt doch sonst so leicht nichts, aber er macht einem seine Not so plausibel.“ – Der Kleine fuhr fort: „Wie soll ich aber mein Unglück beschreiben, als ich in jener Nacht, wo das Glück meines Lebens mir entführt wurde, selbst in bangem Bette auf weitem Ozean segelte und an einem andern Bette Schiffbruch litt – gewiß eine Vorbedeutung der Schicksale meines Ehebettes –, was mich dann aufweckte; worauf ich mich wie einen Adler mit ausgebreiteten Flügeln über dem Meere zur Sonne schwebend erblickte, welches doch sicher die Herstellung meines Glückes bezeichnet.“

„Ja, wahrhaftig“, fiel hier Frau von Braka ein, die als Zeugin gerufen worden, „es war doch ein schlechter Streich von den jungen Windbeuteln, die ihn unterm Ofen angebunden hatten, denn sehen Sie ihn nur an, es ist doch immer nur ein schwacher, verbogener Mensch, wie leicht hätte er sich einen Schaden tun können, daß ihm das Hinterste nach vorne umgedreht worden wäre.“ – Diese gutmütige Rede versetzte die Versammlung in ein allgemeines Gelächter, und der Kleine erboste, daß er seinen Degen gegen sie zog, der ihm aber noch frühzeitig genug von einem Hellebardierer abgenommen wurde. Jetzt ward er in aller Form des Gerichts von Cenrio verhört, ebenso Braka, bis sie eingestanden, daß sie unter einem angenommenen Namen in der Stadt gelebt. Von den Anforderungen an Bella wollte aber keiner abgehen; sie baten, den Priester kommen zu lassen, welcher die Vermählung eingesegnet hätte. Länger konnte sich Bella nicht halten; sie fragte sie mit Unwillen, ob sie es vergessen, wie sie von ihnen zum Hause hinausgetrieben worden, nachdem sie von ihnen in Buik den Händen einer verruchten Kupplerin überlassen geblieben; sie fragte, ob sie das an dem Kleinen verdient, als sie ihn aus einer unförmlichen Wurzel zu einem kleinen Menschen emporgetrieben?

Der Kleine und Braka gerieten in die größte Verlegenheit; Braka hatte indessen bald ihre Überlegung flott gemacht; sie setzte schnell zur Partei der Bella über und sagte: was sie gesprochen, sei aus Furcht vor dem kleinen Männchen ihr in den Mund gekommen, sie müsse jetzt eingestehen, daß irgendeine falsche Gestalt unter dem Namen Bella dem Alraun vermählt worden sei, die jetzt, sie wüßte nicht wie, verschwunden sei; diese echte Bella müßte sie aber als Fürstin verehren, wie sie ihr seit frühern Jahren gedient habe. Dabei heulte sie wie eine Meute Hunde, die ihr Fressen erwarten, und warf sich vor Bella nieder.

Der kleine Wurzelmann tobte jetzt wie ein Rasender, warf seinen Handschuh hin und schwur, daß er mit jedem fechten wolle, der ihm seine Frau streitig machen oder ihn für einen Alraun erklären wollte. Chievres erklärte jetzt, daß erst dieser letzte Punkt berichtigt sein müsse, ob er ein Mensch, um ihm ritterlichen Zweikampf einzuräumen, ferner ob er ebenbürtig und christlicher Religion sei. Der Kleine behauptete, er habe einen Diener, Bärnhäuter genannt, der dies alles, was ihm hier abgestritten, bescheinigen würde, man möchte nur erlauben, daß er den herbeiholte. Dies wurde ihm bewilligt.

In der Zwischenzeit kam durch Brakas Geschwätzigkeit an den Tag, wie der Alraun alle verborgnen Schätze zu heben wisse und allerorten dergleichen angetroffen habe. Chievres horchte auf und sagte zum Erzherzoge: „Gott segnet ihre Hoheit mit einem Finanzminister in der kleinen Person dieses Alrauns, der ihre künftige Größe fest begründen kann; unabhängig von den Launen der Stände schafft er Eurer Hoheit künftig die Mittel, jede Tätigkeit für sich zu benutzen. Er wird die Seele des Staates; sein Genie wird göttliche Rechte und menschliche Wünsche, die ewig einander widersprechen, ausgleichen können. Lange lebe der Erzherzog und sein Reichsalraun!“ – Dem Erzherzoge wurde in diesem Augenblick die künftige Klugheit, die ihn in allen Verhältnissen leitete, vorahndend; er nickte Chievres wohlgefällig zu und sann darauf, wie er das kleine, nützliche Wesen sich verbinden könne. Chievres stieg in seiner Gnade und in seinem Zutrauen durch die unerschöpfliche Erfindungskraft seiner Klugheit.

Der Erzherzog begrüßte diesmal den Kleinen sehr freundlich, als er mit dem Bärnhäuter hereintrat, der die zurückgelassenen Kleider und das angefangene Bild der Golem Bella trug. Der Kleine hatte dem armen Kerl den ganzen Rest des Schatzes auf einmal zu geben versprochen, insofern er ein recht kräftiges Zeugnis ablegte, daß es nur eine Bella gebe, daß diese ohne alle Veranlassung nach ihrer Verheiratung aus dem Hause entwichen und eine Masse Leimen, von ihren Kleidern und ihrem Mantel umhüllt, zurückgelassen habe; zugleich solle er beschwören, daß er des Alrauns Eltern gekannt, die im Lande Hadeln als gute Christen und alter Adel bekannt gewesen. Der alte, tote geizige Bärnhäuter hatte ihm das alles versprochen; er trat vor und begann die verabredete Lügengeschichte. Wie aber Braka oder Bella ihn zur Rede setzten, so antwortete der neuangefressene Teil seines Leibes, gleichsam die verbesserte Ausgabe seiner Natur, ganz entgegengesetzt mit einer helleren Stimme: Mensch – Nichtmensch, Bella verheiratet – Bella aus dem Haus gejagt, durchkreuzte sich so gewaltig, daß sein Zeugnis, nachdem die Richter mehrere Bogen beschrieben, in Null aufging. Der kleine Mann wurde fast unsinnig aus Ungeduld, entriß dem armen, ganz in sich zerrissenen Bärnhäuter die Kleider und das Lehmbild, jagte ihn mit Fußtritten zur Tür hinaus und schwur ihm, daß er den Schatz jetzt, statt ihn auszuliefern, in alle Welt als Almosen zerstreuen wolle; daß der Bärnhäuter umsonst bis zum Jüngsten Tage von einem Herren zum andern sich verdingen solle, um ihn zusammenzubringen; daß er umsonst für einen alten Taler einen Herren dem andern verraten werde, umsonst im Kriege von einem zum andern übergehe, um das Werbegeld zu stehlen; seine bessere frische Natur werde das schändlich gewonnene Geld zur großen Qual seines alten Leibes verschenken und verschleudern, und so werde er am Jüngsten Tage noch so arm, abgerissen und trostlos wie im gegenwärtigen Augenblicke erscheinen. Nachdem der Kleine diesen Fluch ausgesprochen, wendete er sich in trostlosem Ärger zu der Lehmfigur. Chievres fragte ihn, wen diese Gestalt bezeichne. Der Kleine wies auf Bella und weinte bitterlich; wer hätte aber in der langen Gurke, welche die Mitte des breiten Erdenkloßes bezeichnete, die feine, zierlich geschwungene Nase der schönen Bella erkannt. Seiner Art Liebe genügte aber vorläufig dieses Bild; es war zum Erstaunen, wie zärtlich er den von seinen Tränen angefeuchteten Ton berührte. Der arme Prometheus! Oft sah er Bella so grimmig an, daß der Erzherzog fürchtete, er möchte ihr das Feuer ihrer Augen ausstechen, um es seinem Erdenkloße einzupropfen. Dann fürchtete wieder der Erzherzog, er möchte mit seinen Händen in dem Ton einwurzeln und seine geldbringende Weisheit in der Rückkehr zur Wurzelnatur aufgeben. Er und Bella hatten längst erraten, daß dies der irdische Rest des Golems sei, und ihnen graute davor.

Bella lachte nicht des Bemühens im Kleinen, dies Bild ihr ähnlich zu schaffen. Die gutmütige Bella fühlte Mitleiden; sie bat, diese öffentliche Versammlung zu endigen, denn sie müsse sich endlich doch sein Unglück wieder selbst vorwerfen, denn ihr Vorwitz habe ihn aus dem ruhigen Schoß der Erde gerufen. „Den Kuckuck mag's da ruhig gewesen sein", sagte der Kleine, indem er sich aus Widerspruchgeist verschnappte, „die Maulwürfe, die Reitwürmer, die Ameisen haben mich da noch viel ärger geschoren als ihr alle zusammen." – Chievres sagte, daß diese Anerkennung hinreiche, und verließ mit den übrigen Herren vom Hofe das Zimmer. Der Erzherzog klopfte nun dem Kleinen auf die Schulter und sagte ihm: er möchte jetzt an den Unterschied, welchen die Geburt, die ihn aus einer Wurzel, Bella aus einem Fürstenstamme hervorgehen lassen, mit ernstem Gemüte denken; eigentlich der Mann von Bella zu sein, wäre ihm nun unmöglich, denn wie in der Bibel stände: und der Mann soll dein Herr sein, so würde das Volk, das ihr gehorchte, ihn nie an ihrer Seite dulden; was aber möglich wäre und schon viel wert, er sollte ihr an der linken Hand angetraut werden und mit ihr in einem Hause unter dem Titel ihres Feldmarschalls wohnen, doch von Tisch und Bett geschieden sein; nur müßte er geloben, um sich dieser Auszeichnung würdig zu machen, mit unermüdlichem Fleiße alle verborgenen Schätze aufzusuchen und ihm, als dem Schützer des künftigen Zigeunerreichs, zu überliefern. – Der Kleine besann sich, endlich rief er: „Bravo, so ist's mir ganz recht, und ich möchte Eurer Hoheit um den Hals fallen, wenn Sie nicht so groß wären. Habe ich mein eignes Schlafzimmer, so werde ich ruhig liegen; ich weiß so nicht, wozu das Schlafen soll. Meine verlorene Frau, wenn es diese nicht ist, ließ mir keine Ruhe und hat mir ein Paar ganz neue Augen gekostet, die ich noch im Nacken sitzen hatte und mit denen ich voraussehen konnte, wenn ich sie vorzubringen vermochte. Das Zusammenessen hat mir auch bei meiner vorigen Frau, wenn es diese nicht ist, niemals sonderlich behagt: ich mochte schreien, soviel ich wollte, sie nahm die besten Stücke, und wenn ich nicht ruhig sein wollte, schlug sie mir mit den heißen Knochen, item mit dem Suppenlöffel ins Gesicht."

Als Bella sich dem Vorschlage ebenfalls gefügt hatte, so schickte der Erzherzog zu demselben Pfarrer, der den Alraun schon einmal getraut hatte, und ließ drohen, ihn bei Wasser und Brot wegen der heimlich vollzogenen Einsegnung gefangen zu setzen, wenn er eine zweite feierliche Einsegnung zu verrichten sich weigerte. Die arme Seele war zu allem bereit, und abends in einer Versammlung von wenigen Vertrauten des Erzherzogs wurde die Vermählung an der linken Hand gefeiert, welche sowohl die untergeordneten Seelen, wie Braka, Cornelius Nepos und den geizigen Pfarrer, als auch die Häupter unsrer Geschichte, den Erzherzog und Bella, miteinander in ein ruhig begründetes Verhältnis zu setzen versprach. Doch Bella weinte während der Vermählungsfeier so heftig, so unwillkürlich, daß sie keine Einwilligung geben konnte; umsonst fragte Karl zärtlich nach der Ursache ihrer Tränen, aber sie wußte keine, als daß ihr eine kleine Katze eingefallen, die sie einmal des Alrauns wegen ersäuft hatte: diese Sünde hätte sie vergessen zu beichten. Da sie keine Einwendung gegen diese Hochzeitzeremonien machte, so wurde die Hochzeit als beendigt angesehen, und der Kleine bezeigte noch an dem Abend seine Dankbarkeit gegen den Erzherzog, indem er aus einer zugemauerten Nische des Schlosses einen Schatz an Münzen und goldnen Ketten befreite, der über zweihundert Jahre darin geruht hatte.

Der Erzherzog, als er am Abende mit Bella allein war, fühlte sich ganz unerwartet durch die Erinnerung an die Golem Bella, wie sie in Erde zerfallen, so gestört, und Bella konnte die alte, ganz hingebende Vertraulichkeit so wenig in sich finden, daß beide froh waren, ihre Betten einander nicht so nahe wie in Buik gestellt zu sehen. Der Erzherzog versank in einen schönen Traum: es war ihm, als sähe er mit den prachtvollen Goldketten, die ihm der Alraun gefunden, die spanischen

Großen, die selbst vor dem Könige mit bedecktem Haupte zu erscheinen wagten, zur Erde gedrückt; es war ihm, als könnte er viele tausend Soldaten mit diesen Ketten ziehen, und überall, wohin er mit ihnen zog, wurde ihm gehuldigt. Sein Nebenbuhler unterdessen, der doch aus einer Regung seines Blutes nicht schlafen konnte, fühlte sich wieder zu dem Leimen, der jetzt seines Wurzelherzens einziger Schatz geworden war, zurückgetrieben, und in der Begeisterung über sein Glück gelang es ihm diesmal besser: alles bildete sich unter seinen Händen so ähnlich, daß er entzückt den Besitz dieses selbstgeschaffnen Weibes jedem von Gott geschaffenen vorzog, das sich unmöglich den wunderlichen Gedanken eines solchen am Sonntage Quasimodogeniti gebornen fügen konnte. Bella aber genoß wohl in dieser Nacht des höchsten Glückes von allen, als ein wunderbarer Klang sie in der Mitternachtsstunde ans Fenster rief. Sie hörte die Sprache ihres Volkes, dessen zerstreute Führer, nachdem der Erzherzog ihnen eine Freiheit des Aufenthalts in den Niederlanden gewährt hatte, zu der anerkannten Fürstin ihres Volkes geeilt waren, sie mit einem Gesange nächtlich zu begrüßen, ihr Treue und Liebe bis in den Tod zu schwören. Wir wollen es versuchen, diese herzliche Begrüßung in einer Übersetzung wiederzugeben, nachdem wir vorher noch über die Einrichtung ihres Tanzes gesprochen haben. Sie hatten ihre Hände und Kleider mit einer Phosphorauflösung getränkt, die in jener Zeit nur ihnen bekannt war; sie leuchteten in Dampfwolken, und wo sie einander berührten oder aneinander strichen, wurde dies Leuchten zu einem hellen Glanze, der einige Zeit nachwährte und währenddessen der Gesang einfiel:

*Gebüßt sind alle Sünden!*
*Wir steigen ans den Flammen*
*Und werden uns zusammen*
*Bei unsrer Fürstin finden;*
*Wir wecken die Schöne*
*Mit leisem Getöne,*
*Es klinget die Krone,*
*Vom Szepter berühret,*

*Der endlos regieret*
*Vom Vater zum Sohne*
*Im Herrschergeschlechte*
*Nach göttlichem Rechte.*

*Es füllt des Herbstes Odem*
*Das Aug' mit heißen Tränen,*
*Das Herz mit heil'gem Sehnen*
*Nach unsres Landes Boden.*
*Jetzt sinken die Wogen,*
*Die alles umzogen;*
*Die schaffende Stunde*
*Durchspielet die Felder,*
*und blühende Wälder*
*Entsteigen dem Grunde,*
*Und zahllose Kinder*
*Besingen den Winter.*

*Komm, Bella, führ die Deinen,*
*Wir schwören dir die Treue,*
*Komm, eil mit uns ins Freie,*
*Vom Schloß aus tote Steinen;*
*Wie schwarz sind die Mauern,*
*Da wohnet das Trauern,*
*Wie klirren die Waffen*
*Der lauernden Wachen;*
*Wie freundlich wird lachen*
*Des Morgens Erschaffen,*
*Wir folgen in Zuge*
*Den Vögeln im Fluge.*

Wohl gehörte auch Bella zu einem Geschlechte der Zugvögel, die trotz aller zärtlichen Pflege und Liebe durch den Menschen, wenn sie die

Stimme ihrer Brüder aus den Lüften vernehmen, nicht widerstehen können. Gibt es doch arme Völker am Eispol, denen die Freuden und Erfindungen unserer Zone kein Gefallen abgewinnen, und die beim Anblick eines Schwanes sich ins Wasser stürzen und mit ihm nach ihrer Heimat zu schwimmen wähnen; wieviel mächtiger wirkt die eigentümlich überlegene Natur in dem stolzen Herrschersinne nach, aus welchem Bella hervorgegangen. Sie war doch in Europa wie die fremde Blume, die sich nächtlich nur erschließt, weil dann in ihrer Heimat der Tag aufgeht. Ihre Sehnsucht, ihre Wehmut überströmten sie grenzenlos, sie konnte nicht bleiben und wußte doch nicht, warum; sie liebte den Erzherzog, wie sie ihn jemals geliebt, aber sie fühlte, seit er eine andre wie sie geliebt, daß sie seine erste Liebe mit sich trüge in die Ferne, und erst jetzt gestand sie sich, daß diese scheinbare Vermählung, so wenig dabei die Reinheit ihrer Sitte leiden konnte, sie tief gekränkt habe, weil ihr Karls Gesinnung, sich nicht heilig und ewiglich, wie ihr fürstlicher Sinn gemeint, mit ihr zu vermählen, deutlich daraus hervorgegangen sei. Was galt ihr seine Klugheit, wie er den Reichtum sich verbinden und benutzen wollte; sie kannte nur die Herrlichkeit der Armut, die alles besitzt, weil sie alles verschmähen kann: sie kannte nur ihr Volk, das jede Bezahlung von ihren Herrschern verschmähte und jede Tat für sie als schönsten Gewinn achtete. Sie nahete sich im innern Kampfe dem Bette des Erzherzogs, sie küßte ihn; wäre er erwacht, sie hätte nicht von ihm lassen können; aber er stieß sie im Schlaf von sich: ihm träumte, als ob die goldne Kette, worin er die Völker führte, ihm selbst, der sie hielt, immer enger sich um den Fuß wickelte, daß er dadurch zu fallen fürchtete; darum stieß er sie von sich. Sie aber fühlte das im bewegten Gemüte anders und sprang leicht aufs Fenster und zu den Ihren herab, ohne zu denken, ob ihr Sprung hoch oder nieder; aber das Glück ihres Volkes wollte sie unverletzt erhalten. Ihre Zimmer waren im ersten Geschoß, und der fahrende Schüler, den seine Liebe und Traurigkeit, nachdem er sie im Schlosse erkannt, des Nachts unter ihr Fenster getrieben, fing sie in seinen Armen auf. Die Zigeuner erkannten sie, setzten ihr die Krone auf, gaben den Szepter ihr in die Hand und zogen, ohne daß die Wachen etwas bemerkt hatten, stillschweigend mit ihr und dem fahrenden Schüler, daß er sie nicht verraten konnte, vors Tor, wo sie auf leichten Pferden, auf verborgenen Pfaden aller Nachforschung entgingen.

Als der Erzherzog aus dem bänglichen Schlusse seines Herrschertraumes zum Lichte aufwachte, das allen Träumen mit den kecken Worten entgegenzutreten scheint: ihr seid nicht wahr, denn ihr besteht nicht vor mir! – da meinte auch er, alles Traurige, was ihn bedroht, sei ein Hirngespinst gewesen. Wer spinnt aber im Innern unsres Hirnes? Der die Sterne im Gewölbe des Himmels in Gleichheit und Abwechselung bewegt! Der Schatz der Erzherzogs lag unversehrt vor dem Bette, er spielte leise damit, um Bella nicht zu erwecken. Aber der geschäftige Drang des Tages nahte immer tosender auf allen Straßen, und Bella erwachte immer noch nicht; er rief, er sah nach ihrem Bette, aber er fand sie nicht. Er durchlief ängstlich das Haus; aber Bella war nicht zu errufen. „Pflückt sie mir einen Blumenstrauß, unsern Morgen zu schmücken? Ist sie in der Frühmesse und dankt Gott für ihr Geschick?“ – Beides widerlegte die nächste Stunde, und der Erzherzog befragte ohne Erfolg die Wachen, ließ Braka vergebens rufen. Die alte Braka weinte ernstlich um die schöne Bella, alle schöne Aussichten schwanden ihr. Wie aber Weiber im Unglücke sind, der vornehme Stand hält die Zunge ihres Unwillens nicht zurück, ihr Kopf füllt sich so ganz mit einem Gefühle, daß sie jeder Rücksicht vergessen: statt den zornigen, ungeduldigen Erzherzog zu fürchten, machte sie ihm die bittersten Vorwürfe, daß seine Grausamkeit, Bella mit dem Kleinen zu verheiraten, sie zur Flucht veranlaßt hätte. Der Erzherzog schwieg beschämt, er fühlte, daß sie recht hatte, daß seine törichte Klugheit ihm das Köstlichste entrissen, was sein ganzes Leben ausgestattet hätte; er fühlte sich so verächtlich vor den Augen der Alten, als der kleine Alraun nimmer vor seinen Augen gestanden. Er befahl Braka, sich zu entfernen, und gebot ihr nachher, ein Gnadengehalt anzunehmen und es in der Nähe seines Hofes zu verzehren, damit er jemand hätte, mit dem er von seiner Bella reden könnte. Seine unzähligen Boten, die Deutschland durchstreiften, kamen ohne Nachricht zurück; sein Großvater Maximilian, der etwas von seiner Leidenschaft vernommen, hatte sie allerorten abweisen lassen. Erst sehr spät, nachdem Isabella mit den Ihren längst weitergegangen, erfuhr er, daß sie im Böhmerwalde von einem Prinzen entbunden worden, der in der Taufe den Namen Lrak (der umgekehrte Name des Vaters Karl) erhalten hätte, und daß der fahrende Schüler, der mit den Zigeunern entwichen, durch Bellas Gunst, unter dem Namen Sleipner, einer ihrer Anführer geworden sei.

Das Warten auf diese Nachrichten war die Ursache seines unbegreiflichen Zögerns, ehe er aus den Niederlanden nach Spanien ging, wo sein Großvater inzwischen gestorben war und die gewaltsame Klugheit des Ximenez, ohne seine Gegenwart, leicht bürgerliche Kriege veranlassen konnte. Als er diese Kunde von Isabellen erhalten, wäre er ihr gern nachgezogen, aber wo sollte er sie treffen? Wie sollte er den Jugendträumen seiner Herrscherlust entsagen? Doch ward ihm die Krone, die er bis dahin bloß als Schmuck angesehen, zu einem drückenden Gewichte, und die Feierlichkeiten, die ihm bis dahin die Zierde der Tage geschienen, zu einer verlornen Zeit, wie das Stundenschlagen, das mit seinem Klange die ruhige Folge sehnender Gedanken unterbricht. Irren wir nicht, so läßt sich manche seiner Launen, an denen seine wichtigsten Unternehmungen scheiterten, aus diesem ersten Mißgriffe seiner Klugheit erklären: diese Gleichgültigkeit, womit er das Regierungswesen zuerst behandelte, wie er Chievres und die Seinen in der verächtlichsten Bestechlichkeit Spanien verderben ließ; die Sinnlichkeit, in der er sich oft zu vergessen suchte und worin er die Stärke seines Leibes früher erschöpfte; alles Unbefriedigte und Unbefriedigende in seinem Leben. Er bedurfte der Zeit, großer Ereignisse, wie die Eroberung von Neuspanien und seine Ernennung zum Kaiser, und eines unermüdlichen Gegners, um nicht früher in einen Überdruß gegen alle Regierungsgeschäfte zu versinken; endlich bedurfte er auch des Alrauns, um seine übereilende Tätigkeit in Wirkung zu setzen.

Was wurde aus diesem Nebenbuhler seiner Liebe? Der Kleine hatte nach allen Kräften seiner nun doppelt verlornen Gattin nachgeforscht, aber vergebens; doch fand er früher als Karl eine Beruhigung, indem er mit rastloser Tätigkeit an der Beendigung des Bildes der schönen Bella arbeitete. In seiner unruhigen Betrübnis kam Karl eines Morgens auf sein Zimmer, begrüßte das ähnliche Bild mit einem Schrei der Verwunderung und trug es, ohne der Bitten und Drohungen des Kleinen zu achten, auf sein Zimmer. Während er es da mit Blumen bekränzte und kniend es begrüßte, vernahmen die Bewohner des Schlosses ein unerträgliches Lärmen im Zimmer des Kleinen; mit Fluchen des Kleinen hatte es angefangen, bald waren immer mehr Stimmen darin gehört worden. Als die Wachen das Zimmer erbrachen, geschah ein heftiger Schlag, das Zimmer roch nach Schwefel, der kleine Wurzelmann lag zerrissen und ohne Bewegung auf dem Boden. Als er heimlich begraben, glaubte sich Karl von ihm befreit, die Menschen glaubten ihn gänzlich zerstört, er aber war in seiner Wut dämonisiert, und der Kaiser wußte bald, daß er ohne eine große Buße von seiner überlästigen Gegenwart nicht wieder los und ledig werden konnte.

Umsonst wechselte er Wohnort und Kleider, umsonst versuchte er sogar den afrikanischen Himmel; wenn er ihn auf immer gebannt glaubte und es bewegte irgendein böser Wunsch sein Gemüt, gleich war der Alraun ihm nahe, bald in der Gestalt eines Heimchens, das hinter dem Ofen ihm zurief, wo er Geld und Gelegenheit dazu finden könnte, bald als eine Spinne, die von der Decke des Zimmers sich auf seine Schreibereien herabließ, bald als eine Kröte, die ihm im Gartengange entgegentrat, oft schnurrte er ihn auch an als ein fliegender Käfer, abends und nachts schrie er wie ein wilder Vogel. Karl horchte und gehorchte nur zu oft dieser Stimme, wehe uns Nachkommen seiner Zeit. War ihm vieles durch diesen geldbringenden Geist möglich, so mußte er dagegen früher seine Herrscherbahn schließen, um in heiligem Leben, in Buße und Gebet jeden bösen Wunsch zu bannen.

Zu Gent, von den Erinnerungen seiner ersten Liebe und ihres Untergangs abgetötet, beschloß er seinen eignen Sonnenuntergang zu feiern: hier entließ er seinen Sohn Philipp mit vielen Tränen, auch von den Gesandten nahm er Abschied und lebte bis zu seiner Abfahrt nach Spanien in der tiefsten Einsamkeit eines gesonderten Lebens. An seinem Geburtstage nahm er Besitz von dem für ihn eingerichteten

Hieronymitenkloster St. Just in Spanien: er dachte, daß dieser Tag den Alraun auch auf die Welt gesetzt, der seine irdische Bahn verletzt hatte, und sprach, daß er an eben dem Tage, da er auf Erden sei geboren worden, auch dem Himmel wolle wiedergeboren sein. Sein ernstes Gebet ist ihm erfüllt worden, seine blutige Geißel, die nach seinem Tode als ein Heiligtum bewahrt worden, bezeugt, wie schwer es ihm geworden, sich den gewohnten Lieblingsgedanken zu entschlagen; wir aber, deren Voreltern durch sein politisches Glaubenswesen so viel erlitten, die von des Alrauns schnöder Geldlust fort und fort gereizt und gequält worden, und endlich selbst noch an der Trennung Deutschlands untergingen, welche er aus Mangel frommer Einheit und Begeisterung, indem er sie hindern wollte, hervorbrachte, wir fühlen uns durch das erzählte Mißgeschick seiner ersten Liebe, durch diese Reue mit seiner Natur versöhnt und sehen ein, daß nur ein Heiliger auf dem Throne jene Zeit hätte bestehen können.

So fühlte er sich selbst auch gerechtfertigt, als er, um sein Herz zu prüfen, ob er bereit sei zu dem großen Übergange, der selbst dem abgelebten Alter überraschend ist, mag es sich durch Betrachtung vorgewöhnen oder in erkünstelter Tätigkeit ihn übersehen wollen, sich ein prächtiges Grabmal in der Klosterkirche nach eigenem Plane bauen ließ, das in kunstreichen Galerien, welche mit den Bildnissen seiner Vorgänger bedeckt, zur Spitze anlief, wohin sein eigener Sarg gestellt werden sollte. Er fühlte sich gerechtfertigt, als er sich nun lebend in diesen Sarg legte, von Trauergesang, Glockengeläut und schwarzen Kerzen begleitet, sich einsam hinaufstellen ließ und durch die irdisch geschlossene Decke der Kirche Isabella erblickte, wie sie ihm tröstend und liebend an den Gefilden der ewigen Gedanken begegnete, wo die Irrtümer des Menschen mit der Last seines Leibes in Staub zerfallen. Sie winkte ihm, und er folgte ihr bald und sah ein helles Morgenlicht, worin Isabella ihm den Weg zum Himmel zeigte, und fragte die Anwesenden, ob es schon so hoch am Tage sei. Der Erzbischof sagte aber, es sei Nacht. Da befahl er seinen Geist in Gottes Hände und starb. –

Befragen wir unser Herz, wie wir sterben möchten: sicher wie Karl, die Geliebte unsrer Jugend als einen heiligen Engel zwischen uns und der Sonne, von der wir scheiden, weil sie uns blendet; gleichsam wie einen farbigen Vorhang, daß selbst die Schatten der blumenpflückenden und nichts fassenden Hände gefärbt erscheinen. Jenes Leichenbegängnis Karls muß uns nicht wie eine wunderliche Schauspielerei erschrecken. Derselbe Gedanke, der bei dem Beherrscher einer Welt zur Tat wurde, bewegt viele Gemüter, die ein ernstes Leben geführt haben; aber er bleibt Gedanke und verwandelt sich sonst häufig in eine Sorgsamkeit in der Anordnung des wirklichen Leichenbegängnisses, worin sich selten Eitelkeit, häufiger der Wunsch äußert, ein Leben, das nach gewissen festen Grundsätzen geführt, in derselben Gesinnung zu schließen. Unsre eitle Zeit verachtet jede Leichenfeier, bei unsern frommen Voreltern war oft ein anständiges Leichentuch einzige Mitgabe der Braut, und ein prachtvoller Sarg schloß ein bescheidnes Leben. Wer wagt das Sonderbarkeit zu schelten? Es war Nebenäußerung jener Einheit, die uns in aller ihrer Geschichte anspricht, aber noch lebendiger in den Denkmalen ihrer vielhundertjährigen Andacht, die in den Kirchengebäuden alter deutscher Zeit vor uns steht. Welche Einheit und Ausgleichung aller Verhältnisse, wie fest begründet alles an der Erde und doch alles dem Himmel eigen, zum Himmel führend, an seiner Grenze am herrlichsten und prachtvollsten geschlossen. Zum Himmel richtet die Kirche wie betende Hände unzählige Blütenknospen und Reihen erhabener Bilder empor, alle zu dem Kreuze hinauf, das die Spitze des Baues als Schluß des göttlichen Lebens auf Erden bezeichnet, das als die höchste Pracht der Erde, die sich dadurch zu unendlichen Taten begeistert fühlt, einzig mit dem Golde glänzt, womit kein andres Bild oder Zeichen neben ihm in der ganzen heiligen Geschichte, die der Bau darstellt, sich zu schmücken wagt. Nicht nur über Kaiser Karls Leichenbegängnis, auch über sein Leben hat die Nachwelt ein langwieriges Totengericht gehalten, aber nur die Mitlebenden können einen Herrscher am Ende seiner Laufbahn würdigen, und wie lehrreich scheinen darin die Totengerichte der alten Ägypter, sie gehören aber nicht in unsre europäische Welt. Noch jetzt finden wir sie in Abessinien, noch jetzt werden die Nachkommen unsrer

Isabella auf dem Throne den Tag nach ihrem Tode in dem Eingange der Pyramide, die ihnen als Grabstätte dient, öffentlich ausgestellt, und jeder ist verpflichtet, auszusagen, was er über den Verstorbenen denkt. Auch über Isabella hat dieses Totengericht gesprochen; noch jetzt sprechen die Abessinier von diesem Totengerichte, das sie bei ihrem Leben noch über sich halten und aufzeichnen ließ; sie zeigen noch jetzt ihr Bild bei den Quellen des Nils, wie sie da alle in einem Siebe vereinigt, durch das sie als unzählige Quellen zur Erde laufen, zum Zeichen, wie sie zwar die getrennten Völkerstämme der Abessinier oder Zigeuner vereinigte, aber nicht hindern konnte, daß sie durch innern Streit auseinanderliefen. Wir danken diese Nachrichten dem berühmten Reisenden Taurinius, dessen eigene Worte wir hier mitteilen wollen: „Isabella, die berühmte Königin, berief ihren Sohn Lrak, den sie von Karl nach der Voraussagung Adrians empfangen, ihren Feldherren Sleipner, der als ein armer fahrender Schüler aus Gent mit ihr fortgezogen war, ferner alle Ehrenmänner und Vorsteher des Volks, nach dem Eingange der großen Pyramide an den Quellen des Nils, welche sie sich zum Grabmal erbaut hatte. Es war am 20. August 1558, an demselben Tage, wo ihr geliebter Karl sein Leichenbegängnis bei lebendem Körper mit offenen Augen feierte, gleichsam in einer heimlichen Ahndung, als wollte sie mit einem gleichen ernsten Vorbilde vom Leben scheiden. Sie erklärte dort, indem sie von allen freundlichen Abschied nahm und den trostlosen Sleipner auf den Himmel verwies, wo seine Liebe eine reiche Belohnung finden würde, und ihren Sohn an ihr Herz drückte. Da, sage ich, denn also habe ich es mehrmals erzählen hören, erklärte sie, daß sie sich zu krank und hinfällig fühle, um der Regierung länger vorzustehen, und weil sie jetzt aufhöre zu herrschen und gleichsam aus der Welt gehe, so wäre es ihr sehnlicher Wunsch und ihre letzte Bitte, daß die alte heilige Sitte des Totengerichts nicht bis zu ihrem wirklichen leiblichen Tode ausgesetzt bleibe, sondern daß ein jeglicher jetzo gleich, während sie sich in ihrem Sarge ausstrecke, vorübergehe und seine Meinung nach geleistetem Eide wahr und unverhohlen über sie ausspreche. So hatte sie sich erklärt, und da keine Bitten, keine Tränen ihr diesen Entschluß auszureden vermochten, so schritt man also gleich zur Eidesleistung. Die Königin legte sich unter unzähligen Tränen in ihren Sarg, und ein jeglicher trat seiner Würde gemäß, wie er pflegte, vor ihr hin und ließ sein wohlüberdachtes Urteil, also, daß sie es deutlich vernehmen konnte, in das königliche Buch eintragen. O welch ein seliger Tag für die Reine! Wie leicht war der Tadel gegen die Vorwürfe, die sie sich selbst gar oft soll gemacht haben. Der Priester, der mir das Ausführlichste darüber mitteilte, las mir, wie ihr dabei geschehen und wie selig sie während des Totengerichts verstorben sei, wie folget, aus einer alten Pergamentrolle vor, woraus ich es sogleich in unsre deutsche Muttersprache zu übersetzen wagte, wobei mir aber zuweilen copia verborum gefehlet hat, weswegen ich es nochmals von Magister Uhsen wieder übersehen und sehr verbessern lassen: Sie versank während des Totengerichts in ein freudiges Anschauen. Aus dem Nebel, der das herrliche Land, das sie geschaffen, bisher noch gedeckt hatte, traten ihr erst die nahen seligen Gärten hervor, darinnen die glücklichen Kinder ihres umgetriebnen Volkes wieder ruhig spielten; darinnen die Brunnen sprangen, wo sonst die Krokodile im dürren Sande sich gesonnt hatten; darinnen rote und blaue Vögel sangen, wo sonst die Schlangen gezischt hatten. Weiterhin erschien ihr die grüne Wiese voll Blumen, und die Lämmer mit ihren Glocken bewegten sich langsam klingend zwischen den Halmen, wo sonst der Tod unter dem grundlosen Moraste auf alles Lebende lauerte. Dann aber strömte der Fluß, der Fluß aller Flüsse vorüber, das unschuldige Metall der Oberwelt glänzend poliert wie ein Schwert; von den Rudern der Schiffer fleißig gehämmert, wo sonst nur der Fisch in seichter Fläche zu schwimmen wagte. Aber das Herrlichste lag drüben und jenseits, und wie sie in tiefer Seele an dem Gedanken sich entzückte, ihrem geliebten Volke in unablässigem Bemühen alle einzelnen Steine zu den Palästen künftiger Macht behauen zu haben, da glänzten ihr drüben schon die Schlösser und Kirchen künftiger Herrlichkeit im aufgehenden Lichte. Sie näherte sich verwundert dem Strome und sah nur nach drüben, wo sich die geahndete Erfüllung in sichrer Wirklichkeit zeigte, und so stürzte sie in den Strom und ward von ihm hinübergeführt und war drüben – mit diesem Bilde suchte ein frommer Zeuge ihres Todes die Seligkeit ihres sterbenden Angesichtes auszudrücken und zu erklären."

Liebreiche Isabella! wir haben dich schuldlos erfunden im kleinen Kreise deiner Jugendliebe, warum sollten wir zweifeln an den Erzählungen der Reisenden, daß du auch auf der Höhe eines Thrones im Überblick einer Welt dir selbst treu geblieben bist; denn was ist diese Welt gegen diese Treue, die unwandelbar bleibt, wo sie einmal bewährt ist. Deine Liebe ist nicht untergegangen in ihrer Verschmähung, der eine sollte sie nicht begreifen, nicht würdigen, nicht bewahren, daß sie übergehe zu einem Volke, welches in deiner Liebe sich befreite. Kein Leiden, keine Reue, kein Zweifel wird deinen Blick zurückgewendet haben zu dem, den du verlassen, weil er dich aufgegeben hatte; was in reiner Seele die Begeisterung eines Augenblickes tut, bleibt ihr notwendiges Gesetz in Ewigkeit. Reines Bild des jugendlichen Lebens, wir blicken zu dir und flehen: Reinige uns von eingebildeten Leiden der Liebe und von angebildeten Sünden der Zeit; das Totengericht der Menschen soll uns nicht schrecken, aber wer scheut nicht die Totenrichter in sich selbst, die unerbittliche Strenge der Gedanken, die sich nicht täuschen lassen, wo wir andern genügen, aber nicht der eignen Kraft; heilige Isabella, wehe Himmelsluft auf meine heiße Stirne, wenn ich Gericht halte über mich selbst! – Am Himmel steht ein drohender Komet und glühet den Herbst zum Sommer, wozu wird er den Frühling entbrennen? Sei getrost, liebe Seele, sei getrost, du Welt, dir ist viel vom Herren verheißen.